novum pro

AYMAN AL NASSER

Radikale feministische Regierung
„Patriarchalische Gaskammer"

novum pro

Bibliografische Information
der Deutschen Nationalbibliothek:

Die Deutsche Nationalbibliothek
verzeichnet diese Publikation in
der Deutschen Nationalbibliografie.
Detaillierte bibliografische Daten
sind im Internet über
http://www.d-nb.de abrufbar.

Alle Rechte der Verbreitung,
auch durch Film, Funk und Fernsehen,
fotomechanische Wiedergabe,
Tonträger, elektronische Datenträger
und auszugsweisen Nachdruck,
sind vorbehalten.

© 2020 novum Verlag

ISBN 978-3-99107-007-8
Lektorat: Isabella Busch, Katja Wetzel
Umschlagfotos: Skypixel,
Mariia Vasileva | Dreamstime.com
Umschlaggestaltung, Layout & Satz:
novum Verlag

Gedruckt in der Europäischen Union
auf umweltfreundlichem, chlor- und
säurefrei gebleichtem Papier.

www.novumverlag.com

Sie sind Freiheitskämpferinnen, sie sind Demokratinnen, sie sind vor allem Frauenrechtskämpferinnen und sie haben nun das Sagen über die Welt. Es ist der 07.04.2023, genau drei Tage nach dem erfolgreichen feministischen Putschversuch. Es ist den Frauen endlich gelungen, die Macht auf der ganzen Welt zu übernehmen. Eine feministische Bewegung nennt sich „Meine Muschi über alles" und regiert nun den armen Planeten. Wie es ihnen gelungen ist, die Kontrolle über die sozialen und asozialen Medien, aber auch über die Banken zu übernehmen, ist niemandem klar. Aber man erzählt sich in den kleinen philosophischen Kreisen, dass sie heimlich die schönsten Mädchen ausgesucht und ihnen die Kunst der Verführung beigebracht haben sollen. Diese Verführerinnen könnten von den Allmächtigen die Geheimnisse des Machthabens erfahren haben und somit könnte die feministische Bewegung an die Macht kommen. Sie bezeichnen sich selbst als liberal, aber sie zeigen sich langsam sehr autorisiert, beziehungsweise sehr selbstbestimmt. Offensichtlich wollen die Feministinnen die Welt allein regieren, was eigentlich für einen patriarchalischen Mann einerseits sehr nachvollziehbar, andererseits nichts besonders Neues ist. Es sei ja überhaupt kein demokratisches System, wo alle abgesehen von ihrem Geschlecht die gleiche Chance haben, gewählt zu werden, sondern es ist ein reformiertes, privilegiertes politisches und wirtschaftliches Modell.

Es ging wahrscheinlich niemals um die Gleichberechtigung oder Frauenrechte, sondern es ging darum, die Macht zu haben. Ich wusste es früher wirklich nicht, ich habe dummerweise gedacht, dass die MMÜA (dies ist die Abkürzung für die feministische Regierung) nach Gerechtigkeit strebt. Zumindest haben sie so was behauptet, aber sobald sie ihr Ziel erreicht hatten, haben sie ihr wahres Gesicht gezeigt. Sie sind zwar nicht schlimmer als alle Politiker, die vor ihnen an der Macht waren, aber besser sind sie auch nicht. Gerade meldeten ihre sozialen Medien, dass ein Überwachungssystem für Sicherheit der Frauen installiert ist, und dass unser Tagesablauf 24 Stunden am Tag online übertragen werden würde. Das Privatleben ist davon nicht ausgenommen. Wir werden sogar auf dem WC mit Video aufgenommen. Wie schnell ändert sich unser Verhalten in unserer neuen Welt! So haben alle Männer und Frauen weniger gegessen, weil wir nicht so oft auf das WC gehen wollten. Es ist so was von peinlich beim Scheißen beobachtet zu werden, trotzdem denkt man sich, wenn die Idioten Scheiße sehen wollen, dann sollte man ihnen den Wunsch auch erfüllen! Die Änderung des Essverhaltens wurde aber von den MMÜA sehr positiv gesehen. Es sei für sie die Lösung für das Übergewicht und das ist immer ein Problem gewesen, worunter viele Frauen gelitten haben. Jetzt essen alle weniger und schauen alle Frauen schlank und schön aus. Das neue Essverhalten ist für die MMÜA nicht nur ein gesundes Verhalten, sondern es ist auch günstiger, was ein Vorteil für die Wirtschaft sei. So macht die feministische Regierung gerade ihre Propaganda und sie nennen das „Public Relation". Mobilisierung der Masse nennt die MMÜA Meinungsmanagement?! Die Handlungen kennt man schon von früher, sogar die Sprachmanipulation ist überhaupt nicht fremd. Es sind doch nur neue Wörter, die die alte Macht-Vorgehensweise bezeichnen. So macht man ganz einfach Politik. Es läuft seit dem Morgen eine Werbung, dabei wird angekündigt, dass die große Schwester heute am Abend um 20:00 Uhr eine Rede halten würde. Es interessiert eigentlich kein Schwein, aber es wird automatisch an alle Smartphones gesendet. Man kann dabei die Sendung oder das Handy nicht ausschalten, aber die MMÜA zwingt ja niemanden, die Rede der großen Schwester zu hören?! Dafür sind sie ja sehr demokratisch ausgeprägt und sie wissen ja angeblich besser als alle anderen, wie schlimm es ist, zu irgendetwas gezwungen zu werden. Diese Zeiten sollten endgültig vorbei sein!

Die Führerin der MMÜA hält gerade ihre Rede und ich konzentriere mich lieber auf ihr Aussehen. Es ist wirklich nicht so, dass ich gar kein Interesse an dem Inhalt habe, aber ich bin brutal neugierig, wer sie ist. Sie ist nicht so groß, aber klein ist sie auch nicht, auch wenn man sie gerne klein hätte. Sie hat helle graue Augen, allerdings bin ich sicher, dass sie ins Grün verwandelt werden, wenn sie unter der Sonne 3 Minuten und 39 Sekunden steht. Sie hat einen runden, knackigen Arsch, obwohl ich denke, dass ihr Arsch eine Granatapfelform hat, was ich jedenfalls geiler finde. Sie sieht echt sehr weiblich aus und ich genieße es und sehe sie unglaublich gerne an. Ich bin mir leider sicher, dass wir unter der neuen Regierung so etwas bald nicht mehr machen können. Der Kristian wird wie Kristiane und Fabian wie Fabiana aussehen. Wir werden uns schwertun, die Frauen von den Männern zu unterscheiden. Wir werden uns schwertun, unseren Kindern zu erklären, wer ihr Vater oder ihre Mutter ist. Am Ende der Rede möchte ich doch mit zuhören, deswegen habe ich aufgehört, ihre kleine, enge Muschi, die wegen ihrer kurzen Hose klar abgezeichnet ist, anzustarren.

Sie kündigt gerade an, was ich erwartet habe: „Der patriarchalische Mann ist besiegt worden, aber es reicht nicht! Es gibt immer noch patriarchalische Strukturen und wir müssen sie abschaffen." Wie können die Frauen mit einem gebrochenen, verlorenen Mann leben wollen, wenn sie Respekt von uns verlangen? Ja, wir sind nun alle gebrochen und das reicht den Siegerinnen nicht. Sie wollen mehr. Unter patriarchalischer Struktur versteht die MMÜA die Denkmale aus der früheren Zeit, zum Beispiel die Freiheitsstatute in den USA, den Eiffelturm in Paris und die Pyramiden in Ägypten. Sie sind ja für die Feministinnen ein Symbol für den starken Mann und das wollen sie nicht. Sie sind gerade dabei, sie alle zu vernichten. Ich habe vor Kurzem gehört, dass die übergeschnappten Feministinnen die Notre-Dame-Kathedrale in Flammen gesetzt haben, weswegen der Mann, der die Glocken der Kathedrale läutet, derzeit heimatlos ist. Er ist ganz einfach auf der Flucht und die MMÜA will ihn sogar irgendwohin abschieben. Die Führerin der MMÜA verlangt nun von uns Männern eine Entschuldigung für unsere bösen Taten auf der Erde und ebenso auf den anderen Planeten. Ebenfalls verlangt die MMÜA, dass wir Männer die Hälfte unseres Gehalts fünf Jahre lange für die Frauen als Schmerzensgeld zahlen. Auch unser Nachwuchs muss es tun. Falls irgendeiner sich weigert, das zu tun, kommt er in die Gaskammer. Ich drehe gerade durch. Höre ich eigentlich richtig, oder was? Die radikalen Feministinnen richten eine Gaskammer in Australien so groß wie das ganze Land ein. Das Gas riecht und schmeckt nach Muschi. Sie wollen dort die patriarchalischen Männer vergasen, falls sie sich verweigern, sich zu ändern.

Australien wird nun evakuiert, damit sie alle freiwillig mitreisen. Es läuft reibungslos, obwohl es überall Gerüchte gibt, dass die Ureinwohner sich weigern, das Land beziehungsweise den Kontinent trotz der Mühe der MMÜA zu verlassen. Unsere feministische Regierung meldet in ihrem TV-Sender hingegen, dass alle Bürger und Bürgerinnen von Australien ausnahmslos sehr kooperativ und freudig ihre Flugtermine wahrnehmen. Was die Medienarbeit angeht, lügt die MMÜA wie jede andere Regierung, die vor ihr war, oder sie erzählt uns nur den Teil von der Wahrheit, die ihr Interesse präsentiert, was eigentlich jede politische Partei bis jetzt tut. Ich muss mich heute mit ein paar Männern treffen, um zu wissen, ob wir uns bei den Frauen entschuldigen und ob wir ihnen auch Schmerzensgeld zahlen oder nicht. Wir wollen gemeinsame Entscheidungen treffen. Die farbigen Menschen dürfen sich nun begrüßen. Es geht überhaupt nicht um Rassismus, sondern es geht darum, dass wir Farbigen eine andere Haltung von der MMÜA haben, nicht wie die Weißen, ganz sicher nicht. Bei dem Treffen gibt es deswegen nur uns Dunkelhäutigen. So etwas hätte die grünäugigen Menschen sowieso nicht interessiert. Wir sind zwar alle in dem großen Treffen dunkelhäutig, aber es gibt dennoch unter uns viele verschiedene Gruppen, die früher verfeindet waren oder miteinander nichts zu tun haben wollten. Jetzt sind wir alle Kanaken – Jugo- und Nigrico-Geschwister. Es ist trotzdem schwer, eine gemeinsame Entscheidung zu treffen, weil wir ganz einfach verschiedene Interessen vertreten. Die Kanaken sind die Leute von Hatef. Sie sind dafür, dass wir alle aus Stolz freiwillig in die Gaskammer gehen. Die Jugos sind dafür, dass wir Männer eine unabhängige Männerwirtschaft begründen, sodass wir ein gutes wohlhabendes Leben haben und wir uns für die Politik nicht mehr interessieren. Die Nigrico sind wiederum dafür, dass wir alle einen Widerstand organisieren und wir bis zum letzten Atemzug gegen die Arschlöcher von der MMÜA kämpfen. Wir treffen uns jetzt wegen der MMÜA seit einem Monat und die Kanaken haben es geschafft, alle anderen Nigrico-Brüder und alle Jugo-Brüder von ihrer Meinung zu überzeugen.

Ja, wir gehen alle freiwillig in die Gaskammer, die Ehre des patriarchalischen Mannes verpflichtet uns dazu, aber auch der Geruch und der Geschmack des neuen Gases lockt uns alle an. Die Gaskammer mit dem Muschi-Geruch und -geschmack ist das erste geschaffene Werk in der neuen weiblichen Amtszeit. Ich muss ehrlich gestehen, dass es eine sehr starke Leistung ist. Die Frauen haben sich schnell als qualifizierte Verwalterinnen für den Planeten bewiesen. Sie kennen sich mit Töten sogar besser aus als wir Männer aus, obwohl wir es meisterhaft betrieben haben. Ich habe zwar immer gewusst, dass es keinen großen Unterschied gibt zwischen der Art und Weise, wie wir Männer die Erde verwaltet haben und wie die Frauen es nun tun, aber ich habe mir irgendwie falsch vorgestellt, dass sie für ihre politischen Ziele weniger als wir morden würden! Nachdem wir uns gemeinsam entschieden haben, wie wir mit der neuen Regierung umgehen wollen, haben wir der MMÜA unsere Entscheidung offiziell mitgeteilt. Sie haben offensichtlich nichts gegen unsere Entscheidung einzuwenden, im Gegenteil sieht die MMÜA für sich einen Vorteil. So wird ihre Gaskammer den letzten patriarchalischen Mann komplett vernichten. Die feministische Regierung teilt uns gerade mit, dass die Frauen alles dafür tun werden, um die patriarchalische Struktur zu beseitigen. Dafür haben sie die Hütte von Heidegger sowie seine Werke, aber auch den ganzen Wald gerade verbrannt. Die MMÜA sieht den großen Philosophen auch als Symbol für die Männerherrschaft!!!

Die neuen Verwalterinnen der Erde haben uns erlaubt, durch den verbrannten Wald in die Gaskammer zu fahren, ein anderer Weg wäre uns verwehrt. Ihre Begründung ist, dass die Kinder uns beim Abreisen nicht sehen dürfen, das will die MMÜA auf gar keinen Fall. Nachdem wir die Genehmigung für die Reise bekommen haben, warten wir nicht, sondern wir machen uns auf den Weg ins Zielland. Na dann einmal Prost auf den Männerstolz. Die Muslime schlagen vor, dass die Juden die Reise in die Gaskammer anführen. Ja, die Juden werden die Muslime und die Christen, aber auch alle anderen religiösen und ethnischen Minderheiten führen dürfen, weil sie sich mit der Gaskammer besser auskennen als alle anderen, und weil sie ja auch wie die Muslime unter der Kanaken-Gruppe einzuordnen sind. Die Ansicht von Hatefs Gruppe – freiwillig in die Gaskammer aus Stolz zu gehen – ist unsere Entscheidung und wir haben alle anderen Brüder davon überzeugt, dass es die richtige Entscheidung für uns alle ist. Der jüdische Führer unserer würdevollen Reise lässt sich leicht erkennen, weil er sehr charismatisch ist. In seiner Anwesenheit sieht man das Licht am Ende des Tunnels. Wenn er da ist, zieht er die ganze Aufmerksamkeit auf sich, und selbst wenn er weg ist, verliert er unsere Aufmerksamkeit nicht! Er hat lockige schwarze Haare und schwarze große Augen, aber er hat sehr weiße Haut. Er sieht irgendwie wie ein Kanake, aber auch wie ein Nigrico aus, denn er hat das Haar und die Augen wie ein Schwarzer. Allerdings könnte er aber locker mit seinem weißen Gesicht ein Jugo sein. Er heißt Abraham. Sogar sein Name passt sehr gut für seine Führungsmission. Der Abraham ist in der jüdischen Tradition ein Stammvater aller Juden, aber das ist er auch für die Muslime. Unser heutiger Abraham ist nun Vater aller farbigen Menschen. Wir nennen ihn sehr gerne unseren „Kanaken-Führer". Heute spricht er uns zum ersten Mal an und er bittet uns darum, uns auf unserem Weg in die Gaskammer keinen Stress zu machen. Er macht uns gerade aufmerksam, dass wir unser Wort einhalten sollen, und dass wir unsere Entscheidung umsetzen werden. Trotzdem dürfen wir uns die schönen Orte auf dem Weg anschauen … Er schreit nun mit der

Kraft aller Heiligen in der Geschichte der Menschheit: „In der Gaskammer mit dem Muschi-Geruch zu sterben ist kein Zwang, sondern es ist unsere freie Entscheidung!"

Genau ab diesem Moment sind unsere Ängste verschwunden – alle ... wirklich alle. Ja, unser Abraham hat es geschafft, er hat uns die Ängste genommen. Es ist von vornherein klar, dass er der Richtige für die Führung ist. Ich kann mir schwer vorstellen, dass die MMÜA damit gerechnet hat, dass wir freiwillig in den Tod gehen, aber nun ist es zu spät. Die Feministinnen müssen jetzt mit der Welt ohne uns zurechtkommen. Wir bekamen mit, dass die MMÜA bei unserem freiwilligen Massenmord gar kein Problem für die Welt sah, weil sie die weißen Männer haben. Das ist echt eine moralische Blindheit, aber das juckt ja wohl keinen mehr. Die feministische Regierung hatte vor Kurzem ein neues Gesetz erlassen. Es sei in ihrer feministischen Welt der Frauen nicht mehr erlaubt, ihr Geschlechtsorgan zu rasieren, weil es der MMÜA nach ein Symbol für die patriarchalische Zeit ist. Es sei sicher ein Verbrechen, freie Handlungen irgendeines Menschen einzuschränken, aber es sei auch nicht mehr frei, demselben Menschen etwas zu verbieten. Das Bruder-Konzept funktioniert unter uns farbigen Menschen trotz der kulturellen Unterschiede sehr gut. Wir reisen sehr flexibel ohne einen anstrengenden Plan. Wir tun es auch nicht chaotisch und kommen gut voran. Das Zusammenreisen funktioniert sogar dann gut, wenn wir betrunken sind.

In dieser schönen Nacht ist der Himmel unser Dach und die Sterne sind unsere Petroleumlampen. Es ist zu schön, so früh ins Bett zu gehen. Unser Kanaken-Führer sieht das auch so, deswegen lädt er uns zum Biertrinken ein. Nach dem dritten Bier sind die meisten von uns total betrunken. Oh, das, was der Betrunkene gerade erzählt, ist ein Wahnsinn ... es ist echt nicht zu fassen! Er berichtet nun, dass die weißen Männer sich entschieden haben, die feministische Welt zu verlassen und sich uns anschließen, um mit uns freiwillig in die Gaskammer zu gehen. Für mich ergibt das keinen Sinn, weil die weißen Männer dabei geholfen haben, die MMÜA an die Macht zu bringen. Sie kommen doch mit der MMÜA gut zurecht. Ich glaube, der Mann, der die Nachricht gemeldet hat, ist nur total betrunken, trotzdem verunsichert er uns mit den Fuck-Nachrichten. Der Abraham gibt dazu keinen Kommentar ab. Unser Kanaken-Führer zieht sich in sein Zelt zurück und wir hören auf, Bier zu trinken. Früh am Morgen tauchen fünf weiße Männer in unserem Zeltlager auf. Ich sehe zum ersten Mal wieder weiße Männer, seit wir auf dem Weg in die Gaskammer sind. Normalerweise kamen mir diese Weißhäutigen immer sehr ängstlich vor, sie wirkten zwar frei, aber sehr unsicher und auch schwach oder vielleicht nicht selbstbewusst im Vergleich zu uns Farbigen. Aber heute machen diese Männer einen sehr guten und sicheren Eindruck. Abraham lässt die weißen Männer bestimmt nicht sehr lange warten. So was machen nur die Feministinnen. Sie lassen einen mit Absicht und ohne Grund vor der Tür warten. Sie tun ja sehr gerne wichtig. Der Abraham spricht gerade mit den weißen Männern. Jawohl, es scheint zu stimmen, was der Betrunkene gestern erzählt hat. Es ist den Weißen auch zu viel, unter der feministischen Regierung weiterleben zu müssen. Diese Männer sehen das so, dass sie die einzigen Männer sind, die ihre Frauen gleichberichtigt haben, trotzdem werden sie von der MMÜA in denselben Topf mit den farbigen Männern geworfen. Sie werden dennoch genauso wie alle Frauenunterdrücker behandelt. Die MMÜA wirft ihnen auch vor, patriarchalische Neigungen zu haben, beziehungsweise wirft die MMÜA ihnen vor, Frauen im sozialen und beruflichen Leben andauernd benachteiligen zu wollen.

Sie beschweren sich auch darüber, dass die MMÜA sie selbst im Job nicht nach vorne kommen lässt, und dass sie auch sehr schlecht bezahlt werden. Sie sind vor allem sehr zornig auf die MMÜA, weil sie von den Feministinnen respektlos behandelt werden. Anscheinend sind sie mit ihrem Sexleben auch nicht mehr zufrieden. Sie kriegen ja ihre eigenen Frauen nur behaart. Wahrscheinlich hätten die weißen Männer auch gerne eine Intimrasur bei ihren Frauen. Aus diesem Grund entschieden sich die weißen Männer auch in die Gaskammer zu gehen. Unser Kanaken-Führer schließt die weißen Männer sofort an unsere

Gruppe an. Das ist vielleicht das erste Mal in der Geschichte der Menschheit, dass die farbigen und die weißen Männer zusammen auf einem Weg sind. Auch wenn es die letzte Reise ist, schaut das sehr schön aus. Wir setzen uns gerade beim Kaffeetrinken um das Feuer. Herrlich, Menschen aus der ganzen Welt amüsieren sich hemmungslos vor ihrem freiwilligen kollektiven Selbstmord. Die weißen Männer entschuldigten sich sehr emotional bei unseren Nigrico-Brüdern für die Sklaverei und ebenfalls entschuldigten sie sich bei den Kanaken unter anderem für die Kolonialzeit. Es sieht so aus, als würden unsere wunderbaren schwarzen Brüder die Entschuldigung annehmen und die Kanaken nehmen sie als Vorbild. Ja, wir müssen uns verzeihen, um weiter zusammenkommen zu können. Interessant ist es zu wissen, dass sich die jüdischen Frauen sehr über die harte Vorgehensweise der feministischen Regierung beschweren, als sie ihre jüdischen Männer auf den Weg in die Gaskammer sehen. Es hat sie an den Holocaust erinnert. Das war damals das größte Unrecht in der Geschichte. Die MMÜA sollten jedoch die Jüdinnen manipuliert und davon überzeugt haben, dass allein die Männer daran schuld sind. Somit ist die erste politische Beschwerde von Frauen über die Frauen-Regierung beseitigt worden. Die weißen Männer haben die offizielle Zeitung von der MMÜA mit. Es wird berichtet, dass die erste Präsidentin nach der ersten Wahl in der feministischen Welt eine schwarze Frau ist. In einem Theaterstück, das von einer sehr berühmten Künstlerin geschrieben wurde, geht es um den Widerstand der schwarzen Frauen gegen die MMÜA. Als sie ihre Männer in einer Reihe in die Gaskammer gehen sahen, sollen sie versucht haben, die feministische Regierung zu stürzen und sie waren wohl auch knapp davor, ihr Ziel zu erreichen. Allerdings wählte die MMÜA dann eine schwarze Frau als Präsidentin, um den Widerstand zu beenden. Das Theaterstück bezieht sich auf eine reale Geschichte. So steht das zumindest in ihrer Zeitung! Das Theaterstück hat für mich eine doppelte Bedeutung und das ist von der Künstlerin wahrscheinlich so gewollt, um der Kontrolle zu entkommen. Die MMÜA lässt kaum ein Theaterstück auf der Bühne vorführen, weil sie glaubt, dass diese Kunstform sehr patriarchalisch geprägt ist. Das Theater macht unter der feministischen Regierung sowieso einen Rückschritt. Es ist nicht mehr möglich, viele Theaterstücke zu spielen, weil die feministische Regierung die Geschlechterrollen abgeschafft hat. Romeo und Julia wird man zum Beispiel unter der MMÜA-Regierung nicht mehr auf der Bühne sehen können, weil es keinen Romeo mehr gibt. Das Stück unter vielen anderen, die in der Tat zum Kulturerbe der Menschheit gehören, verschwindet langsam aus dem Bewusstsein der modernen Frauenwelt.

„Wie oft musste die Menschheit Idealisten bei der Vernichtung von Kulturerbe zusehen? Schlimmer als alle anderen Vernichter sind für mich die Ideologen, die sich immer wieder Gewalt erlaubt haben, um ihre dämlichen politischen Ziele umzusetzen. Man beruft sich immer auf Werte oder einen gerechten Prozess und man begegnet leider grauenhaften Taten. Wenn man ein Ideologe ist, strebt man unbedingt nach der Macht und man benutzt seine Ideale als Leiter, um an sein Ziel zu kommen. Logisch, denn Macht und Werte oder Ideale kann man nicht zusammen komponieren. Denn die Macht zu verwirklichen beziehungsweise auszuüben, ist an sich ein Missbrauch an den universalen Werten und vielleicht ist sie auch ein Missbrauch an universaler Würde." Es sind die wunderschönen Worte unseres Kanaken-Führers. Er spricht zum ersten Mal alle gemeinsam an, die Weißen und die Farbigen. Er versichert uns gerade, dass die einzig richtige und gerechte Antwort auf das Machtmotiv aller Politiker „NEIN!" ist. Wenn wir uns weigern, mitzumachen, entkommen wir der Banalität des Bösen. Ich finde das gerade sehr philosophisch und es ist für mich und ganz sicher für viele andere auch relativ kompliziert, aber ich denke mir, dass unser beliebter Kanaken-Führer uns eine Bestätigung dafür geben wollte, dass unsere Entscheidung, freiwillig in die Gaskammer zu gehen, die richtige ist.

Es ist heute einem Nigrico-Bruder aufgefallen, dass wir Farbigen uns nicht mehr laut unterhalten, seitdem unsere weißen Brüder sich uns angeschlossen haben. Wir unterhalten uns wie oft wie früher, aber wir machen es ruhiger. Ja, ich kann mir gut vorstellen, dass er recht hat. Es liegt vielleicht daran, dass wir Farbigen lauter als die Weißen sind, oder dass sie relativ leise im Vergleich mit uns kommunizieren. Ein Kanake kommentiert das gerade damit, dass wir Farbigen zwar nicht mehr so laut reden, seitdem die weißen Männer da sind, aber dass die weißen Männer lauter sind, seitdem sie unter uns sind! Ja, ich glaube auch, das ist richtiger. Wir haben uns alle gegenseitig angepasst, weil wir ein gemeinsames Ziel vor uns haben. Obwohl ich finde, dass die Greengo – so nennen wir die Weißen – Friede und Ruhe mitgebracht haben. Ich habe das Gefühl, dass die Greengo manchmal sehr vorsichtig sind, ihre Meinung vor uns zu äußern. Aber es kommt mir auch langsam so vor, dass sie sich immer mehr trauen, sich uns gegenüber auszudrücken. Es wäre für mich sehr interessant zu wissen, wie sie sich oder uns sehen. Ich würde mich sogar sehr gerne mit einem von denen darüber unterhalten, aber ich kenne sie ja nicht so gut und ich will die weißen Männer nicht einschüchtern. Es wäre für so ein Gespräch immer noch zu früh. Lieber warte ich ein bisschen. Derselbe Mann, der uns letztes Mal Bescheid gegeben hat, dass die weißen Männer sich uns angeschlossen haben, meldet eine sehr spannende Nachricht. Er kündigt gerade an, dass die homosexuellen Männer sich für die Gaskammer entschieden haben. Sie werden bald zu uns kommen, um den Abraham zu fragen, ob sie mit uns reisen dürfen. Die Schwulen wollen mit Gas sterben, das nach Muschi riecht und schmeckt. Ich dachte immer, dass sie auf Schwänze stehen. Meine blöden sozialen Ängste vor den neuen Gruppen habe ich schnell überwinden können. Ich habe mir selbst als farbiger Mensch nie vorgestellt, dass wir Farbigen uns mit den weißen Männern sehr gut verstehen könnten, aber doch funktioniert es zwischen uns bestens. Deswegen denke ich, es wird mit allen anderen Fremden ebenfalls gut gehen. Der verrückte Typ, der immer Nachrichten aus der Frauenwelt zu uns bringt, heißt Hatef. Er ist ein Kameltreiber aus der Mongolei oder vielleicht aus Arabien. Er singt, er macht Musik und er schreibt Lieder über das wunderschöne Ende in der Gaskammer. Ich erinnere mich ganz genau an Hatef. Als wir uns damals bezüglich der gemeinsamen Entscheidung getroffen haben, schlug er vor, sich in die Luft zu jagen. Jawohl, so ist er. Er wollte ein Selbstmord-Attentat gegen die MMÜA verüben. Unser Kanaken-Führer hat ihn damals umarmt und hatte ihm sehr freundlich erklärt, dass wir bereit sind, uns friedlich für unsere Haltung zu opfern, aber wir verbieten uns, anderen Menschen Schaden zuzufügen.

Abraham fragt ihn gerade nach seiner Informationsquelle. Anscheinend versteht sich Hatef mit den Frauen aus der Grünen Partei gut und sie erzählen ihm viel aus der Frauenwelt. Hatef besorgt uns eigentlich nicht nur Auskünfte von unserer verlassenen Heimat, sondern er macht auch mit der MMÜA ein paar Geschäfte. Er kauft ein paar Sachen von dort, die wir unterwegs brauchen können, und er verkauft dort auch ein paar Sachen, die wir hier nicht unbedingt brauchen. Eigentlich schmuggelt er zwischen hier und dort. Da, wo wir lange unterwegs sind, betreiben manche von uns ein paar Berufe und verdienen sich damit ein bisschen Geld. Unser Kanaken-Führer hat nichts dagegen und auch die MMÜA scheint damit einverstanden zu sein. Oh, die Schwulen sind schon da! Der Abraham empfängt sie in einer gemeinsamen Sitzung am späten Nachmittag. Ja, je mehr wir heterosexuellen Männer uns für unsere Angriffe entschuldigen, umso mehr haben die homosexuellen Männer unsere Entschuldigung angenommen. Sie sagen uns nun, dass sie sich für eine Welt, die nur aus machtbesessenen Frauen besteht, überhaupt nicht interessieren. Sie berichten auch, dass viele Frauen unter der MMÜA-Regierung leiden, und dass Kinder andauernd nach ihrem Vater fragen und sie deswegen Weinanfälle in der Nacht bekommen. Die MMÜA bietet nur für diese Kinder – um das Problem zu beseitigen – moderne Kindergärten mit 24-Stunden-Betreuung an. Die Väter in unserem Zeltlager haben sich über die Nachrichten sehr aufgeregt und manche von denen wollen sogar zurück, um dort alles zusammenzuschlagen. Nun, es ist Abraham gelungen die zornigen Männer zu beruhigen und nun kehrt langsam wieder Ruhe in unser Lager ein. Wie erwartet klappt das gemeinsame Reisen mit den homosexuellen Männern ganz gut. Wir beschweren uns über sie überhaupt nicht und sie beschweren sich über uns auch nicht. Sie verbringen allerdings mit den weißen Männern mehr Zeit als mit uns, aber das ist ja schon nachvollziehbar, weil sie sich von früher besser kennen. Wie verrückt ist der Moment! Abraham verteilt gerade bestimmte Aufgaben. Manche von uns sind ab jetzt für den Auf- und Abbau der Zeltlager verantwortlich, andere sind für das Essen beziehungsweise für die Zubereitung des Essens zuständig. Er teilt uns in kleine Arbeitsgruppen ein. Allerdings werden wir für unsere Arbeit sehr gut bezahlt. Ich kann unseren beliebten Kanaken-Führer sehr gut verstehen. Er versucht für uns ein Reise-Wirtschaftssystem zu gründen, sodass wir uns unterwegs finanzieren können. Wir haben nun eine kleine Fabrik, die wir leicht bei unserem Umzug transportieren können. Mit der Bierbrauerei, der Kleiderfabrik, aber auch mit dem Lager-Krankenhaus macht man nun am meisten Geld. Der Hatef hat sich schnell selbstständig gemacht und gründet für uns Reisende ein Medienkonzept. Wir haben nun Zeitungen, TV-Sender, aber auch soziale Medien. Hatef nennt sein Konzept „Nomaden-Media". Wahrscheinlich meint er damit solche Medien, die keine Zentrale oder einen festen Ort brauchen, um zu funktionieren.

Wir treffen uns online jeden Abend, um gemeinsame Entscheidungen zu treffen. Die Anwesenheit bei der abendlichen Sitzung ist nun Pflicht. Wer nicht kommen kann, muss ein kleines Geld für unsere Reise-Bank zahlen. Unsere Sitzung funktioniert sehr ähnlich wie ein Parlament aus der alten Welt, aber ohne Wahl – wir gehen nicht wählen. Online gibt es genug Platz für alle – Wofür wird also ein Wahlsystem immer noch gebraucht? Die Zeiten, wo wir nur begrenzte Plätze im Parlament hatten, sind nun Geschichte. Eigentlich hätten wir genug Plätze für die Frauen, wenn sie dabei wären. Wenn wir ihnen früher vielleicht die gleichen Plätze im Parlament wie unsere angeboten und unsere Welt gemeinsam verwaltet hätten, hätten sie sich nicht radikalisiert und wäre die MMÜA nicht an die Macht gekommen. Das hilft uns jetzt aber auch nicht weiter. Fakt ist, dass die MMÜA uns gezwungen hat, in die Gaskammer zu gehen. Es ist seit ein paar Tagen überall in den Medien bei uns zu lesen, dass sich uns bald eine neue Gruppe anschließt. Es ist eine kleine kommunistische Frauengruppe, die sich von der MMÜA distanziert und den Kontakt zu unserem beliebten Kanaken-Führer aufgenommen hat. Es sieht so aus, als ob sie eine Erlaubnis bekommen haben, mit uns zu reisen. Komischerweise steht das nur in der gedruckten Zeitung, aber online ist diese Nachrichten nirgendwo zu sehen. Unser Reise-TV berichtet darüber überhaupt nicht. Der Dummkopf Hatef will angeblich uns alle motivieren, die gedruckten Zeitungen zu lesen. Er lässt diese Art von Presse nicht aussterben. Abraham ist damit auch sehr zufrieden. Ich denke, dass der verrückte Kameltreiber aus einer Welt kommt, die erst sehr spät die gedruckte freie Presse kennengelernt hat. Wir leben nicht wie wir glauben in ein und derselben Zeit, sondern wir leben auf der Welt in verschiedenen Zeiträumen. In der Zeit, in der Hatef immer noch lebt, ist es für das Aussterben der gedruckten Zeitung noch zu früh. Die hübschen Kommunistinnen sind da. Oh scheiße, sie sehen alle geil aus! Die eine ist schöner als die andere. Wir starren die wunderschönen Frauen sprachlos an. Wir können nicht aufhören, sie anzusehen. Ja, es ist eine Weile her, dass wir Frauen gesehen haben. Mir kommt es so vor, als ob wir alle nun sehr scheu sind. Wir schaffen es nicht, mit ihnen in ein Gespräch zu kommen. Abraham bricht gerade das Schweigen und nimmt eine Frau nach der anderen in den Arm. Das machen wir alle nun sehr gerne. Die kommunistische Frau sollte in einen bewaffneten Kampf gegen die MMÜA gezogen sein und sie ließen die Feministinnen schwere Verluste erleiden, bevor sie von denen geschlagen wurden. Ein Teil von denen hat die MMÜA umgebracht, ein anderer Teil kam sofort in den Knast und der Rest ging ins Exil. Sie sind nun unter uns. Wir ändern uns langsam, ja, das merkt man. Ich glaube, dass es an den neuen Mitreisenden liegt. Ja, ganz sicher, denn seitdem die Frauen da sind, benehmen wir uns ganz anders. Ich weigere mich zu sagen, dass wir Männer uns seitdem besser verhalten, aber wir passen uns an sie an und wir versuchen Respekt zu zeigen. Zum Beispiel reden wir schöner, seitdem die Frauen da sind, und wir benutzen weniger Schimpfwörter und gehen früher ins

Bett. Dafür stehen wir alle auch früher auf. Viele von uns hatten damit angefangen, mit den Händen zu essen, nachdem wir unser Zuhause verlassen haben. Aber seitdem die wunderschönen Genossinnen da sind, essen wir alle schon wieder mit Besteck. Ja, sie haben für uns gegen die MMÜA gekämpft. Es ist nachvollziehbar, wenn wir mit denen achtsam umgehen.

Scheiße, ich habe das Gefühl, dass wir Männer uns wegen der Frauen wieder zivilisieren! Doch mal wieder sind wir auch alle wegen der weiblichen Anwesenheit verwirrt. Wir wissen echt nicht mehr, wie wir die Rollen in der Gruppe einteilen sollen. Heute wollen die Frauen für uns kochen, aber sie fragen, ob sie das überhaupt dürfen. Ich kann mir sehr gut vorstellen, dass Abraham mit uns in der nächsten Abendsitzung darüber reden will. Ansonsten werden wir alle die Orientierung verlieren. Ich würde unserem Kanaken-Führer selbst vorschlagen, dass wir fürs Erste die klassische Rollenverteilung verwenden sollten. Ich meine damit, dass die Frauen den Haushalt machen, aber dafür werden sie sehr gut bezahlt, und dass die Männer das Essen holen gehen. Wir können momentan kein besseres Konzept für das Wiederzusammenleben aufstellen. Wir machen es ganz einfach auf diese Art und Weise, solange wir in dieser Übergangsphase stehen. Aber sobald wir die Übergangsphase abgeschlossen haben, entwickeln wir mit den Frauen ein gerechteres Konzept als das heutige. Der übergeschnappte Hatef schlägt gerade genau das Gegenteil vor. Er sagt, es dürfte umgekehrt besser funktionieren. Er will, dass wir Männer den Haushalt übernehmen und dass die Frauen arbeiten gehen. Er will uns natürlich dafür sehr gut bezahlen.

Was für ein Klugscheißer ist der verantwortungslose Kerl, was will er nun beweisen?! Dass er vielleicht der Einzige von uns ist, der aus unserer Geschichte was gelernt hat? Er versteht nicht ganz, in welchem Schlamassel wir alle gerade stecken. Falls der Kulturhintergrund das ist, was gerade bei ihm juckt, braucht er von mir aus seinen kulturellen Hintergrund nicht zu verdrängen. Er braucht sich dafür nicht zu rechtfertigen. Der Idiot versucht sich mit seinem lustigen Vorschlag zu verstecken. Ja, er hat offensichtlich ein schlechtes Gewissen. Der Abraham will darüber unerwarteterweise überhaupt nicht reden. Er sieht überhaupt kein Problem. Er glaubt daran, dass die Zeit alle alten Wunden heilen kann. Er betont sehr freundlich, aber auch sehr deutlich, dass er der einzige Führer ist, und dass er uns alle – Männer und auch Frauen – zum gemeinsamen Ziel führen würde. Wie die Realität nun aussieht, teilen wir uns immer klarer in kleinen verschiedenen Untergruppen mit. In manchen Untergruppen gibt es die klassische Rolleneinteilung, in manch anderen Untergruppen macht man das nach dem Vorschlag von Hatef und es gibt sogar eine ganz kleine Untergruppe, wo Frauen und Männer alles gemeinsam machen. Es war nicht so geplant, aber es ist unter uns derzeit so. Lustigerweise funktioniert es gleich gut in den drei verschiedenen Untergruppen. Wahrscheinlich hat Abraham das von vornherein erwartet, deswegen hat er damals darüber nicht sprechen wollen. Ja, das denke ich mir. Ein Führer muss in die Zukunft sehen können und unser Kanaken-Führer kann es sehr gut. Der Arsch Hatef verbringt seine Tage innerhalb der kleinen Gruppe, die die Arbeit fair und unabhängig vom Geschlecht einteilt, aber er isst mit der Gruppe, die das Kochen den Frauen überlässt. Er ist echt ein Bandit. Ich mag ihn langsam nicht mehr. Warum Abraham gegen Männer wie ihn nichts unternimmt, weiß ich ja nicht, aber er hätte doch was machen sollen. Ich möchte mich mit dem Thema nicht weiterbeschäftigen, weil es umsonst ist und weil es überhaupt nichts bringt. Die ersten Liebesgeschichten zwischen den Reisenden fangen gerade an. Kein Wunder, oder? Viele Frauen sind blind in Abraham verliebt. Er muss ja nur auftauchen und es herrscht überall Todesstille. Er will sich selbst offensichtlich für keine feste Beziehung entscheiden, aber alle erzählen, dass er drei Liebhaberinnen hat. Die Kommunistinnen wollten unseren Kanaken-Führer fragen, ob sie eine Arbeitskammer und Werkstatt gründen dürfen, aber das haben sie nicht gebraucht, weil der Abraham ihnen bereits eine Erlaubnis erteilt hatte, bevor sie es verlangten. Er verbietet uns ausnahmslos, dass wir auf unserer Reise Kinder zur Welt bringen. Logisch, weil wir ja kein Kind in die Gaskammer bringen dürfen oder weil wir überhaupt keines in die Gaskammer bringen wollen!

Komischerweise kündigt er ein Pensions- und ein Steuersystem an, aber wofür? Seitdem die Frauen da sind, habe ich das Gefühl, dass wir unseren baldigen Tod vergessen haben! Eine Pension wird in der Tat kein Schwein brauchen, weil wir uns so bald wie möglich vergasen würden. Es sieht so aus, dass die Anwesenheit der Frauen uns einen neuen Grund gegeben hat, das Leben weiterleben zu wollen, sodass wir unser Ende für uns alle unnötig schwer machen. Ich gehe gleich mal Hatef besuchen, weil er für das alles sicher eine bessere Erklärung hat. Ich will ihn eigentlich überhaupt nicht sehen, aber ich kenne keinen anderen, der meine Ängste beruhigen kann. Auf jeden Fall behauptet Hatef, dass die Pension nach unserem Tod an unsere Angehörigen nach Hause geschickt wird. Unser beliebter Kanaken-Führer glaubt fest daran, dass unsere Verwandten einen Anspruch auf unsere Pension haben. Nun gut, jetzt macht es für mich einen gewissen Sinn – der Besuch hat sich gelohnt. Hatef redet ununterbrochen weiter und ich höre ihm gar nicht mehr zu. Ich brauche keine Kenntnis mehr, denn was soll ich damit anfangen?! Ich möchte unterwegs nur das Nötige wissen, um weiterzukommen. Ich finde auch, dass die meisten von uns das auch so sehen. Deswegen werden Sachbücher unter den Reisenden kaum gelesen, man liest lieber Romane oder Gedichte; eigentlich werden Kochbücher am besten verkauft. Porno-Zeitschriften hat Hatef in den ersten Monaten unserer Reise kostenlos verteilt. Keiner hat am Anfang einen Cent dafür zahlen wollen, aber jetzt verdient er ein Vermögen damit. Der Grund dafür wäre vielleicht, dass die Porno-Seiten seit einer Weile komplett gesperrt sind. Pornografie ist auf der ganzen Welt streng verboten, weil die MMÜA es für Frauenverachtung hält. Meine Nachbarin meint, es sei nur eine Ausrede. Die MMÜA will dem Frauenvolk in unserem Zuhause nicht verraten, dass sie keinen Porno ohne Männer mehr produzieren will. Die Nachbarin berichtet weiter, dass die MMÜA Schwierigkeiten in der Filmbranche hat. Man findet keine männlichen Schauspieler, und wenn die Frauen die Männerrolle übernehmen, kommt das bei den Zuschauern schlecht an. Die Nachbarin ist ja selbst eine Schauspielerin, wegen der MMÜA ist das alles. Es ist also keine Überraschung, dass die Kommunistinnen sich nach dem ersten Kampf gegen die radikalen Feministinnen unserem Zuhause angeschlossen haben. Wir sind nun endlich in der großen Gaskammer angekommen und diskutieren gerade, ob wir unsere Zelte hier aufschlagen oder ob wir Häuser für die Übergangsphase für uns bauen. Wir sind dabei aber wirklich sehr laut. Der Abraham sagt selbst nichts, sondern er hört uns sehr gerne zu und lacht uns ab und zu an, als ob er uns alle motivieren will, weiter zu diskutieren. Jede Seite bringt so viele Argumente vor, wie sie kann. Allerdings gibt es eine Gruppe, die sich zwischen uns nicht entscheiden kann, sie ist mal für ein Zeltlager und ein bisschen später ist sie für die festen Häuser. Ich bin tatsächlich für Zelte, wofür brauchen wir Häuser, wenn wir bald alle ins Grab kommen?! Hatef setzt sich sehr für die Betonhäuser ein und ich kann mir sehr gut vorstellen, warum er darauf steht. Er will ganz sicher Geld damit machen. Er hat eine große Familie in unserem alten Zuhause zurückgelassen und sie fragt ihn andauernd nach Geld. Er ist zu Hause die einzige Finanzkraft seiner Familie und als er sich für die Gaskammer entschieden hat, blieb seine Familie ohne ein festes Einkommen. Ich kann mich sehr gut daran erinnern, dass die MMÜA allen Frauen ein Grundeinkommen versprochen hat, damit sie sich von ihren Männern unabhängig machen können. Das Grundeinkommen-Programm ist, soweit ich weiß, besonders wichtig für Frauen, die schwer einen Job bekommen können, weil sie weder eine Ausbildung noch eine Lehre haben. Die MMÜA scheint ihr Wort nicht gehalten zu haben. Keine einzige Frau soll bis jetzt etwas bekommen haben. Ich denke auch, dass die MMÜA darauf verzichtet hat. Dieses Versprechen war nötig, als es dort Männer gab, aber wir sind nun alle weg und die Frauen brauchen jetzt das Grundeinkommen nicht mehr, um unabhängig zu sein.

Die Sonne zeigt sich langsam am Himmel und wir können immer noch keine Entscheidung treffen. Es ist derzeit chaotisch in unserer Gaskammer. Manche von uns haben bereits Zelte aufgebaut. Andere hingegen zogen in die vielen leeren Häuser, die überall auf der Insel zu finden sind. Der Abraham wohnt auch in einem von den evakuierten Einwohnern zurückgelassenen Haus, aber er wird angeblich ein Zelt im Garten aufbauen lassen, weil er die Nächte lieber im Zelt verbringen will. Ich habe das Gefühl, dass der Abraham keinem von uns recht geben will, wenn wir uns über irgendein Thema streiten, weil er weiß, wie gefährlich so was sein kann! Er probiert ernsthaft, ein Führer für alle bis zum Ende zu bleiben, was in der Tat unter den heutigen Umständen nicht immer leicht ist. Wann die MMÜA nun das Gas zudrehen wird, wissen wir eigentlich nicht. Wir müssen darauf warten. Unser Führer sagt: „Wir müssen uns für den Zeitpunkt unseres Todes überhaupt interessieren, ansonsten machen wir uns von den Diktatorinnen, die unser Land regieren, abhängig. Wir müssen unser Leben führen, als ob wir für die Ewigkeit leben würden und das tun wir alle sogar sehr gerne." Ich lese gerade eine Werbung in der Gaskammer-Zeitung. Ah ja, wir haben nun unsere lokale Zeitung, die heißt als Abkürzung für die zwei Wörter Gaskammer und Zeitung „GKZ". Dort steht, dass Hatef ein Projekt für die Übergangsregierung, die wir hier in der Gaskammer vor Kurzem gewählt haben, erstellt hat, das leere Häuser an die Frauen vermietet, die vor der MMÜA zu uns flüchten würden. Er ist fest davon überzeugt, dass es bald einen Flüchtlingsstrom geben würde. Unsere unfähige Regierung scheint das auch für den Hurensohn genehmigt zu haben. Ach, ich will mich über das nicht weiter aufregen. Wären wir fähig gewesen, die Welt weiterzuregieren, wäre die MMÜA nicht an die Macht gekommen. Ich würde am liebsten den Hatef umbringen, aber ich will nicht den ersten Mord begehen. Warum muss ich so was tun, wenn er bald genau wie ich sterben wird? Deswegen sind wir ja alle hier! Er verbringt fast jede Nacht in einer Kneipe hier in der Nähe. Er säuft ohne Ende. Das hat er früher nicht gemacht. Am Tag ist er mit seinen Geschäften sehr beschäftigt. Wir trinken fast alle hier unangemessen viel Alkohol. Ich trinke auch viel mehr als früher. Als ich noch zu Hause gewohnt habe, habe ich mich mit meinen Freunden am Wochenende getroffen und habe mit denen gemeinsam ein paar Bier getrunken, aber jetzt trinke ich Alkohol drei- bis viermal in der

Woche. Ich denke, es ist das einzige Mittel, das unsere Sehnsucht nach unserem Zuhause betäuben kann. Ich denke, ich will den Hatef auch überhaupt nicht umbringen, ich bin nur wütend. Es tut mir für ihn und für uns alle sehr leid. Das Warten macht uns alle wahnsinnig! Seit einer Woche sind wir alle sehr aufgeregt, die letzten Nachrichten belasten uns sehr. Der Hatef ist nur am Weinen. Viele von uns arbeiten nicht mehr. Ich habe mir selbst überlegt, ob ich ein Wasserpfeifen-Lokal aufmachen soll. Hatef wird es für mich finanzieren, aber ich verschiebe es ein bisschen. Ich gehe lieber mit den anderen an den Strand und warte auf die Kinder. Die MMÜA haben uns mitgeteilt, dass eine Gruppe von Kindern unterwegs zu uns ist. Der Hatef hat es uns bestätigt. Zwei von seinen vier Kindern kommen mit. Sein zwölfjähriger Sohn und seine fünfjährige Tochter schließen sich der Gruppe an, die zwei anderen sind in unserer alten Heimat geblieben. Laut der Meldung sind diese Kinder ohne Mutter. Die MMÜA hat die Frauen dort aufgefordert, auf ihre eigenen Kinder zu verzichten, um die patriarchalische Struktur zu beseitigen, beziehungsweise um die Frauen von ihren alten patriarchalischen Verpflichtungen zu befreien.

Die feministische Regierung macht den Kindern das Angebot, entweder in eine staatliche Betreuungseinrichtung zu gehen oder in das parallele Land zu fliegen. Paralleles Land, was ist das überhaupt? Ich höre den Begriff zum ersten Mal in meinem Leben. Der Abraham ist heute zum Strand mitgekommen. Wir haben die Kinder herzlich willkommen geheißen und Abraham hat den Hatef angewiesen, sie in die leere Wohnung zu bringen. Die Kosten dafür übernimmt unsere Regierung. Hatef darf seine zwei Kinder in sein Zuhause mitnehmen. Die Kinder werden nun von uns bestens betreut und ich muss ehrlich sagen, dass unsere Kommunistinnen eine tolle Arbeit dabei leisten. Sie sind so lieb zu den Kleinen, als ob sie ihre leiblichen Mütter wären. Es fehlt den Kleinen bei uns an nichts. Der Hatef und eine von den Liebhaberinnen Abrahams bringen immer mehr Tiere aller Arten in die leeren Felder, auch alle möglichen Vogelarten bringen sie mit. Ich freue mich schon, die Enten wiederzusehen. Die Lämmer sind auch langsam auf fast jeder Wiese zu sehen, aber der Schäferhund ist natürlich anwesend. Die Kinder spielen mit den verschiedenen Tieren den ganzen Tag. Sie füttern und pflegen die Tiere und die Vögel auch manchmal. Das machen sie allerdings freiwillig. Das Geschäft mit den Herden gehört angeblich einem weißen Mann. Er heißt Christian und ist entweder ein Deutscher oder ein Engländer, da ist sich Hatef selbst nicht ganz sicher. Die Vania, so heißt die Frau, arbeitet für den Christian genau wie Hatef.

Alles, was man von den Tieren bekommt, wird an die MMÜA geliefert. Sie sollen einen Vertrag mit Christian abgeschlossen haben, der aber von unserer Regierung genehmigt worden ist. Abraham ist offiziell gegen den Vertrag, aber er kann ihn trotzdem nicht abschaffen. Wir sind in diesem parallelen Land ein demokratisches Land. Man darf zwar gegen jede Entscheidung der Regierung sein, aber man darf sie nicht ändern. Deswegen kann der Abraham nicht viel mehr als jeder von uns dagegen tun. Das ist das Argument unserer dicklichen Regierung. Bei einem unerwarteten Besuch flüstert Abraham mir und Hatef zu, dass er unter den heutigen Umständen misstrauisch geworden sei. Er glaubt allerdings, dass die MMÜA uns betrügt. Er weiß aber selbst nicht, wie. Seine jüngste Liebhaberin zeigt sich gerade an diesem Thema nicht interessiert. Sie ist zwar schöner als die zwei anderen Begehrten des Abrahams, aber klüger ist sie auf gar keinen Fall, und trotzdem scheint Abraham sie zu bevorzugen. Der Hatef sagt: „Wir müssen uns mit der MMÜA überhaupt nicht mehr beschäftigen und mit dem, was sie tun. Auch wenn sie uns betrügen, kann es uns scheißegal sein. Wir müssen nur schauen, wie wir hier weiterkommen." Er glaubt, dass so eine Haltung eine Niederlage für die MMÜA sei. Abraham lächelt uns gerade beim Gehen an. Es kommt mir vor, als ob er uns das nur vorspielt und Hatef macht dasselbe. Ja, ich denke, dass wir Menschen wie Abraham und seine jüngste Liebhaberin, aber auch Leute wie Hatef in dieser Zeit sehr brauchen. Sie sind echt sehr anpassungsfähig. Es ist mir klar, was nun die nächsten Schritte zwischen uns und der MMÜA sein werden. Wir werden bestimmt bald zwei Botschaften eröffnen. Ich glaube sogar, dass Dr. Matelda unsere Botschafterin dort sein wird. Ah ja, nebenbei erwähnt: Dr. Matelda ist eine von den Kommunistinnen, die bei uns im Exil lebt. Sie ist auch die älteste Liebhaberin von unserem Kanaken-Führer. Eine würdige, gut ausgebildete Dame. Der Hatef sieht das auch so, dass die diplomatische Arbeit zwischen uns und der MMÜA nur eine Frage der Zeit ist, aber er glaubt, dass er die Stelle als Botschafter übernehmen wird.

Er ist ja mit Abraham sehr gut befreundet, deswegen hat er gute Chancen, den Job zu bekommen. Das glaubt er zumindest. Er hat aber vergessen, dass er sich mit unserer Regierung sehr schlecht versteht. Er erledigt für sie im besten Fall die schmutzigen Geschäfte, mehr auch nicht! Die Kinder, die wir aufgenommen haben, sind inzwischen schon groß und arbeiten in ganz verschiedenen anständigen Berufen. Sie unterscheiden sich auf jeden Fall von uns in dem Sinne, dass sie nicht die Absicht haben, sich hier vergasen zu lassen. Sie halten die Geschichte mit der Gaskammer für einen Mythos. Interessanterweise glauben sie, dass man diese Geschichte erfunden hat, um das Land hier zu gründen, beziehungsweise um eine Nation aus verschiedenen Völkern zusammenzubringen. Die zweite Generation – damit meint man die Kinder, die hier geboren sind, seitdem wir da sind – sagen, es gab einmal eine Gaskammer in der Geschichte der Menschheit und wir sind alle dafür verantwortlich, dass sich so etwas nie wiederholt. Laut ihnen sei das der MMÜA auch sehr bewusst. Es war eigentlich am Anfang verboten, Babys hier zur Welt zu bringen, trotzdem haben unser Mitbewohner es getan oder sie tun es immer noch. Man wird vielleicht nichts dagegen unternehmen können. Es geht Hatef wieder gut. Ich sehe ihn in der letzten Zeit lachen und er kommt auch wieder am Abend in die alte Kneipe, um Bier zu trinken. Nachdem Dr. Matelda die Stelle als Botschafterin, wie ich erwartet habe, bekam, war Hatef zusammengebrochen. Er hat in den letzten Jahren unter schweren Depressionen gelitten. Ich denke, dass der arme Hatef wie viele von uns große Erwartungen in unserer neuen Welt gehabt hat, deswegen war er irgendwann schwer enttäuscht gewesen. Sein großes Kind ist nun ein junger Mann geworden und hat Supermarkt-Ketten bei uns gegründet. Er wirkt auf mich sehr komisch und unheimlich, seine Tochter ist viel lieber. Sie hat vor Kurzem einen Kampfpiloten geheiratet und ist selbst eine Ärztin. Von seinen zwei weiteren Kindern weiß ich überhaupt nichts, sie leben ja nicht unter uns. Abraham hat vor ein paar Tagen sein zweites philosophisches Studium absolviert. Er hat derzeit so wenig staatliche Aufgaben im Vergleich zu früher. Sein Machtbereich ist vor ein paar Jahren von unserem Parlament abgegrenzt worden. Er beschäftigt sich immer mehr mit philosophischen Themen. Ranin, so heißt die Tochter von Hatef, sagt, dass Abraham seine Macht zum Teil verloren haben mag, aber nicht sein Charisma. Im Gegenteil würde er mit den Jahren immer charismatischer werden. Ihrer Meinung nach muss er nicht mal reden, um die Aufmerksamkeit seines Volkes zu bekommen, sondern es genügt, wenn er nur anwesend ist und schon kriegt er die volle Aufmerksamkeit. „Volks" – so nennt uns die zweite Generation. Wir hingegen nennen uns immer noch immer „Bruder und Schwester", je nachdem. Ich sehe gerade vor mir Urlauberinnen aus der feministischen Welt. Sie machen die ganze Zeit von sich selbst Videoaufnahmen und sie fragen – wie alle Urlauber vor dem feministischen erfolgreichen Putschversuch – nach den Kängurus, die es in diesem Land gibt. Auf der Party benehmen sich die Frauen nun wie Machos, beziehungsweise genau wie wir Männer früher, und sie laufen sogar den Frauen nach wie wir früher. Ja, wir sind den Frauen nachgelaufen und jetzt laufen sie sich selbst nach. Je größer der Status der Feministinnen ist, desto mehr werden sie von den anderen Feministinnen gewollt. Die alten Besucherinnen beherrschen unsere Sprache immer noch sehr gut, hingegen kann die zweite feministische Generation sie gar nicht mehr.

Sie haben in den letzten Jahren, um alle alten patriarchalischen Strukturen zu beseitigen, die Sprache geändert beziehungsweise fügt sich zu der Sprache ein neues Gramer-System. Es gibt, soweit ich weiß, in ihrer neuen reformierten Sprache kein ICH, kein DU, kein ER, kein ES, kein IHR und kein WIR mehr. Ein

Beispiel: Wenn man in ihrer Sprache fragen möchte: „Darf ich mich mit dir unterhalten?", dann muss man in der feministischen Sprache sagen: „DÜRFEN SIE SICH MIT IHNEN UNTERHALTEN?". Alles wird in ihrer Sprache groß geschrieben, die kleingeschriebenen Buchstaben sind von der MMÜA abgeschafft worden. Viele von uns fliegen ja auch in die feministische Welt auf Urlaub. Es sind zwar statistisch gesehen eindeutig weniger als die feministischen Urlauberinnen, die uns besuchen, aber ich denke, es liegt daran, dass sie besser finanziert werden als wir. Sie haben uns dafür alles weggenommen. Die Hanin hat heute ihr erstes Kind zur Welt gebracht. „Ein wunderschönes Mädchen", berichtet Hatef. Er ist also ab heute ein Opa, dafür nimmt er mich in den Arm. Ich glaube, dass Hatef mich in diesem Moment trösten wollte, weil ich von meinem Kind nichts weiß, seitdem ich weg bin. Meine Liebhaberin und Mutter meines Kindes erlaubt den Kontakt überhaupt nicht. Hatef würde sich wünschen, dass sein neues Enkelkind auch „Hanin" wie ihre Mutter heißt, weil sie für ihn eine „Hanin" ist, aber auch aus der zweiten Generation. Hanin bedeutet in seiner Muttersprache Sehnsucht. Ich finde die Metapher dabei sehr schön, aber ich denke, er glaubt wirklich, dass sein Enkelkind wie sein Kind unsere alte Welt vermissen würde. Hatef ist nun auf jeden Fall viel besser ausgebildet als früher und er versteht jetzt von Kunst viel mehr. Das liegt daran, dass er seine Zeit zum großen Teil mit Abraham verbringt. Wahrscheinlich flüchtet er mit unserem Präsidenten, dem Abraham – so nennen wir Abraham seit ein paar Jahren. Es sei nicht mehr gewünscht, ihn als Führer zu bezeichnen. Ich habe selbst immer noch diesen bitteren Beigeschmack, ich meine damit, dass ich nicht mehr weiß, warum wir unser Zuhause verlassen haben. Wir sind weit weg von unserem ersten Ziel. Der Hatef sagt mir immer, wenn ich mich bei ihm darüber beschwere, ich solle ein Wasserpfeifen-Lokal aufmachen und dort Tabak mit Muschi-Geschmack nicht nur verkaufen, sondern ich soll ihn auch selbst rauchen, wenn ich immer noch darauf stehe, mich mit dem Zeug zu ersticken. Ich bin mir nicht sicher, ob er mich verarscht oder ob er mir einen ernsthaften Vorschlag macht. Er kann es zwar sehr ironisch gemeint haben, aber er hat es in einem seriösen Ton gesagt. Der Hatef hat sich mittlerweile sehr verändert, er kann echt sehr interessant reden. Obwohl ich fast immer das Gefühl habe, dass es ihm selbst nicht bewusst ist, aber alle gemeinsamen Freunde und Bekannten sehen es genauso wie ich. Er hat sich massiv entwickelt, weil er jeden Tag mit Abraham verbringt. Trotzdem hat er immer noch diesen traurigen Blick. Der Grund für seine Trauer seien nicht nur seine großen Erwartungen, die in unserer neuen Welt nicht erfüllt werden, sondern sein Sohn, der dem armen Hatef andauernd Stress macht. Er sollte vor Kurzem beim Raubüberfall auf eine Tankstelle erwischt worden sein. Als Hatef es erfuhr, hat er seinen Sohn mit seinen bloßen Händen am Hals gepackt und schrie mit Tränen in den Augen: „Stirb bitte, aber tu mir das nicht an!" Der Hatef blieb danach wochenlang in seinem Haus, er soll nicht mal sein Schlafzimmer verlassen haben. Als der Abraham davon erfuhr, hat er die Anklage wegen dem Raubüberfall für den Sohn von Hatef fallen lassen. Die staatliche Zeitung schrieb sogar auf ihrer ersten Seite, dass es sich um ein Missverständnis handelt, und dass der Sohn vom Hatef unschuldig sei.

Das ganze Gegenteil von ihrem Bruder ist die Hanin. Sie ist ein sehr erfolgreicher Mensch, deswegen ist der Hatef sehr stolz auf sie. Er sagt sogar, dass er nur sie hat, und dass sein Sohn für ihn gestorben ist! Sein Sohn nimmt das alles nicht so ernst wie der Hatef oder die Hanin. Er sagt kurz und bündig, dass er seinem Vater keinen Erfolg schuldet, und seiner Meinung nach gibt es keine moralische Pflicht, Erfolg zu haben. Alle wissen, dass der Sohn Hatefs bei dem Raubüberfall ein Täter gewesen ist, und dass der Präsident Abraham seinem Vater zuliebe ihn vor einem Gerichtsverfahren gerettet hat. Die Familie von Hatef ist bei uns in der neuen Welt nicht untypisch, sondern die Mädels sind in jeder Familie bei uns erfolgreicher als wir Männer. Sie haben sich hier besser als wir Männer angepasst und sie leisten zweifellos mehr als wir. Unsere Frauen leisten laut der letzten Statistik sogar mehr als die Frauen in der feministischen Welt. Es ist für mich sehr interessant. Wir mussten unser Zuhause verlassen, weil wir angeblich unsere Frauen unterdrückt haben. Aber wenn das so ist, warum leisten die Frauen unter der MMÜA-Regierung weniger als unsere? Hatef erklärt diesen Prozess damit, dass sich alle Sozialrollen beziehungsweise die Geschlechtsrollen in unserer neuen Welt geändert haben, und dass wir Männer immer noch das Land nicht als unser Zuhause sehen, sondern wir sehen es nach all den vielen Jahren als Endstation. Es ist für uns immer noch eine Übergangsphase. Für unsere Frauen ist es ihre neue Heimat und sie bauen unser Land weiter auf. Abraham glaubt hingegen, dass die feministischen Frauen sich den Anspruch beziehungsweise das Recht auf mehr Freizeit oder Faulheit nehmen dürfen, deswegen leisten sie weniger. Ich finde, dass unsere Frauen die feministischen Frauen als Konkurrenz sehen, deswegen sind sie um ihre Arbeit sehr bemüht. Sie wollen zeigen, dass sie hier besser sind, oder dass sie hier zumindest nicht weniger beachtet werden als die Frauen dort. Im Prinzip hat sich in der neuen Welt kaum etwas geändert. Die Frauen und die Ausländer machen die meiste Arbeit. Vom Anfang der Geschichte bis heute wird das Wirtschaftsmodell zwar sehr oft reformiert, aber die Arbeitsgruppen bleiben immer gleich. Mir kommt es doch so vor, als ob wir Männer es in dieser neuen Welt leichter haben als die Frauen. Der Abraham lacht mich nun an und sagt, dass ich langsam kein schlechter Theoretiker mehr bin. Ich lese zwar gar nicht, aber schaue die ganze Zeit Videos über verschiedene wissenschaftliche Themen. Wahrscheinlich kann ich deswegen die politischen Prozesse jetzt besser verstehen und ich kann sie auch besser erklären. Obwohl ich nicht mal einen Schulabschluss habe, ist es mir sehr bewusst, dass ich fachlich sehr vielseitig und kompetent bin, weil ich in der größten Druckerei des Landes arbeite. Wir sind als Druckerei-Mitarbeiter die Menschen, die am meisten lesen und wir sind dabei die Ersten, alle anderen müssen auf uns warten, bis wir mit dem Druckprozess fertig sind. Erst dann können sie sich das Werk anschauen und von den Neuigkeiten lesen. Wir sind die Intellektuellen, die seit Anfang der Publikation übersehen worden sind. Wir lesen zwar nicht leidenschaftlich aus Interesse, sondern wir tun es, weil es ganz einfach zu unserer Arbeit gehört. Man sieht uns trotzdem bestimmt nicht als Akademiker oder Fachleute, sondern man betitelt uns als Druckerei-Mitarbeiter und nichts weiter. Ich würde auch von mir selbst nicht mehr als das behaupten. Es wäre vielleicht sehr merkwürdig, für mich und für meine Arbeitskollegen Anerkennung zu suchen, weil unsere Leute kein Bewusstsein dafür haben. Ich gestehe ein, dass ich einmal für eine kurze Weile in unserer neuen Welt was Besseres für uns Druckerei-Mitarbeiter erwartet habe, aber ich habe die Hoffnung relativ schnell und schmerzlos aufgegeben.

Ich bilde mir seit Jahren immer noch ein, dass die MMÜA mehr Rechte für die Druckerei-Mitarbeiterinnen einfordern würde, was sie eigentlich bis jetzt leider nicht getan haben. Die MMÜA unterschätzt ganz viele Mitarbeiterinnen, die tatsächlich in unserer alten Welt sehr benachteiligt waren. Zum Beispiel haben die Huren jetzt in der feministischen Welt alle ihre Rechte und sie haben einen sehr guten sozialen Status. Sie sind dort anständige Frauen, die einen anständigen Job betreiben. Aber manche Mitarbeiterinnen bleiben auch unter einer radikalen feministischen Regierung nicht gleichberichtigt, wie die MMÜA allen Frauen versprochen hat, als sie an die Macht kam. Ich kann es mir selbst nicht erklären, warum immer irgendeine Menschengruppe von allen anderen unterdrückt werden muss. Es gab keine einzige Ausnahme in der Geschichte der Menschheit. Es ist egal, wer an die Macht kommt, manche bekommen gute Services vom Staat und andere werden von demselben Staat aus dem Service-System ausgeschlossen. Jedes politische System hat bis jetzt nur Gutes behauptet und hat sich aber leider schlecht als bewiesen. Hatef sagt: „Die Gerechtigkeit findet man nicht auf der Erde, sondern man darf sie im Himmel suchen. Immer wenn wir Menschen Gott spielen, versprechen wir anderen Fairness. Und wenn wir andere beherrschen wollen, müssen wir Gott spielen, deswegen scheitert jede Regierung am Ende, seine Ideale zu verwirklichen." Abraham glaubt, dass man weiter für das Gute kämpfen und somit die Menschheit die Welt immer weiter verbessern soll. Mir kommt es so vor, als ob unser Präsident keinen guten Bezug mehr zur Realität hat, er wohnt jetzt in einem Elfenbeinturm. Er hat wohl komplett vergessen, warum wir hier hergezogen sind. Die Hanin findet in Bezug auf dieses Thema, dass eine Regierung keine Mutter sei, die uns allen alles besorgt. Laut Hanin muss jeder für sein eigenes besseres Leben kämpfen und jeder muss auch mit allen anderen etwas für ein gemeinsames besseres Leben tun. Das, was Hanin sagt, ist in der Tat klüger all das, was wir drei Männer gesagt haben. Sie ist realistischer als wir und sie macht mir den Eindruck, dass sie die Welt besser als wir versteht. Abraham sagt ihr gerade: „Mein Kind, wenn die MMÜA Frauenrechte wie du verstanden hätte, wären wir alle immer noch in unserem Zuhause." Hanin ist hierher als Kind gekommen, vielleicht fühlt sie sich hier doch wie in ihrem Zuhause! Zuhause! In welchem Zuhause? Wo ist das Zuhause von Hanin? Ich weiß natürlich, dass der Abraham unsere Generation meint. Ja, unsere Heimat ist immer noch dort hinter den Meeren. Hanin ist hier nicht geboren, sondern sie ist hier aufgewachsen. Sie sieht die feministische Welt bestimmt nicht unbedingt als ihr Zuhause an. Menschen wie Hanin haben eine emotionale Bindung an den Ort hier entwickelt, die sich von unserer Bindung an denselben Ort schwer unterscheidet. Wir haben hier lernen müssen, wie unser soziales ICH funktioniert. Wir haben uns hier aus der Notwendigkeit heraus angepasst. Wir waren aber in unserer Heimat besser angepasst und wir haben auch gar nicht so schlecht funktioniert. Wir kennen zwar diese Welt relativ gut, aber wir kennen unsere alte Heimat deutlich besser. Hingegen kennt die Generation von Hanin nur unsere neue Welt. Wenn Hanin uns gegenüber solidarisch sein möchte und wenn sie Verständnis für unseren Heimatverlust hat, versteht sie vielleicht, dass unsere alte Welt auch ihre Heimat ist. Aber das wird ihr Kind nicht verstehen können, weil es hier auf die Welt gekommen ist.

Das kleine Kind hat überhaupt keine Bindung zu unserer alten Welt. Sie wäre ihm ganz einfach absolut fremd. Der Abraham sagt Hanin nun, dass es uns allen hier gut geht, und dass Hanin und ihre Kinder für uns eine wunderschöne Heimat weiter aufbauen werden. Ja das Kind macht es hier besser, als wir es in unserem alten Zuhause gemacht haben. Ich kann den glücklichen Blick in den Augen von Hatef nicht übersehen. Trotz all den vielen Jahren und trotz allen Änderungen ist er wie ich dem Abraham immer noch sehr loyal und treu geblieben. Wir glauben immer noch nicht nur an seine schönen Worte, sondern wir glauben auch immer noch an ihn. Hanin hat auch sehr viel Respekt vor Abraham und das bringt sie ihren Kindern ebenfalls bei. Für mich ist der Abraham oder unsere Haltung von ihm alles, was wir mit der Begründer-Generation der zweiten Generation gemeinsam haben. Die Hanin schlägt uns vor, gemeinsam Kaffee zu trinken. Sie wird ihn sogar selbst für uns kochen. Wir hätten aber lieber ein kaltes Bier getrunken. Hanin scheint nicht aufgeben zu wollen. Sie wird uns Kaffee und Bier holen wollen. Hanin wirkt jetzt sehr unsicher mir gegenüber, was bei ihr sonst normalerweise nicht der Fall ist. Sie ist ein sehr selbstbewusstes Mädchen. Es liegt vielleicht daran, dass wir mit unserem blöden Gespräch die Identitätsfrage angesprochen haben. Sie hat wahrscheinlich selbst keine Antwort auf so eine Frage. Ja, diese Erklärung klingt logisch für mich. Sie wird vielleicht nicht ganz genau wissen, wohin sie gehört. Sie ist zwar an den Ort hier gebunden, weil sie hier groß geworden ist, aber sie ist auch an uns gebunden. Durch die emotionale Bindung zu ihrem Vater, aber auch zu Abraham und zu mir, ist sie auch an unsere alte Welt auf irgendeine Art und Weise gebunden. Ich erinnere mich an das Thema, als wir die Identität der zweiten Generation zu Hause diskutiert haben. Das Thema mit der Identitätsfrage wird echt übertrieben. Die zweite Generation, die es bei uns damals in unserer alten Welt gab, bevor die MMÜA an die Macht kam, ist damit sehr schlecht umgegangen. Sie fühlten sich sofort angegriffen, wenn man sie nur gefragt hat, wo sie ursprünglich herkommen. Deswegen haben sie ihre Identitätsfrage sehr radikal beantwortet. Entweder haben sie ihren Migrationshintergrund verdrängt und sahen ihre ursprüngliche Kultur als Feind an, daher waren sie sehr ausländerfeindlich, oder haben unsere Kultur wirklich gehasst. Sie waren zum Schluss alle

Rechts-Wähler. Die meisten MMÜA-Mitglieder sind bis heute von denen. Man weiß langsam, wer sie sind und wozu sie auch fähig sind. Ich hoffe, dass unsere zweite Generation in unserer neuen Welt lockerer oder liberaler und vielleicht auch vernünftiger mit dem Thema Identität umgeht. Hanin macht bei mir jedenfalls auch so einen Eindruck. Ich habe langsam keine Lust mehr, mir Gedanken um die zweite Generation zu machen. Sie müssen mit sich selbst und mit der Welt zurechtkommen. Als Abraham mich gestern gefragt hat, warum ich noch keine Kinder mit meiner Freundin haben will, obwohl ich mit ihr sehr lange zusammen bin, habe ich mich geschämt, ihm zu sagen, dass ich hier die ganze Zeit Angst habe. Und wenn ich keinen Grund habe, Angst zu haben, suche ich fleißig nach einem. Ich möchte Abraham auch nicht verraten, dass ich Schuldgefühle habe, weil ich meine Kinder zu Hause zurückgelassen habe. Ich könnte unmöglich Kontakt mit meinen Kindern suchen. Was sollte ich ihnen sagen? Ich habe euch aus Stolz verlassen?! Ich bin freiwillig in die Gaskammer gegangen, weil ich mich von keiner Frau regieren lassen wollte?! Die Zeiten haben sich auf jeden Fall geändert. Meine Kinder waren so klein, als ich weggegangen bin. Damals war Stolz ein Wert, der uns allen sehr wichtig war, aber jetzt ist das nichts weiter als ein leeres Wort.

Ich kann mir sehr gut vorstellen, dass sich meine Freundin bei Abraham über mich beschwert hat. Sie würde ja sehr gerne ein Kind mit mir gemeinsam haben, aber ich kann es ganz einfach nicht! Ich bin zum Schluss wie meine Freunde Abraham und Hatef ein gebrochener patriarchalischer Mann. Vielleicht hat meine Freundin Abraham um Rat gefragt. Wahrscheinlich glaubt sie, dass er mich überreden kann, doch ein Kind zu zeugen. Ich probiere Abraham abzulenken und ich habe geantwortet, dass ich bald ein Wasserpfeifen-Lokal aufmachen werde. Ich wollte nur das Thema wechseln, aber der Abraham wusste schon davon! Hatef soll ihm erzählt haben, dass er mir das vorgeschlagen hat. Abraham nimmt das mit dem Wasserpfeifen-Lokal sehr ernst. Er fragt mich jeden Tag danach. Scheiße! Ich habe keinen Bock darauf, aber ich muss jetzt ein Lokal aufmachen, ansonsten wird Abraham glauben, dass ich ihn belogen habe. Ich habe keine Wahl, ich muss mein Wort halten! Vielleicht ist es doch nicht so schlimm, selbstständig zu werden. Ich würde bestimmt viel zu tun und somit keine Zeit mehr haben, an meine Kinder zu denken. Sobald ich Hatef um Hilfe gebeten habe, sagte er, dass ich mir überhaupt keine Sorgen darüber machen soll. Er würde mir das Geld für die Wasserpfeifen-Bar geben und wird alles für mich organisieren. Sogar die Mitarbeiter, die sich bestens mit dem Geschäft auskennen, würde er für mich einstellen.

Tatsächlich hat es nicht so lange gedauert, bis Hatef mir den Schlüssel für mein neues Lokal gab. Ich gehe dort nun jeden Tag von 12:00 bis 20:00 Uhr arbeiten. Ich mache eigentlich gar nichts, denn die Mitarbeiter machen alles für mich und kriegen dafür ihr Gehalt von mir. Abraham und Hatef besuchen mich jetzt jeden Tag in dem neuen Lokal und bleiben mindestens zwei Stunden bei mir, obwohl der Hatef öfter länger als zwei Stunden bleibt. Abraham bezahlt seine Sachen ordentlich, falls er was bestellt. Hatef hingegen bezahlt mir nur die Hälfte von dem, was er bestellt, weil ich für ihn immer einen Freundschaftspreis machen muss. Das sieht er als moralische Pflicht unter uns Kanaken. Ich verdiene zwar in diesem Geschäft nicht so viel, aber doch bekomme ich schon was. Ich bin eigentlich sehr inkompetent in dem Bereich, weil ich von den Wasserpfeifen keine Ahnung habe. Ich kann sie ja auch nicht rauchen, weil es mir danach immer schwindlig wird, aber Abraham und Hatef können das Zeug stundenlang rauchen. Sie genießen es sogar. Ich wusste früher nicht, dass unser Präsident auf so etwas steht. Präsident?! So nennt Abraham kaum jemand. Die Regierung nahm ihm fast alle Funktionen weg. Aber Abraham hat sich dagegen nicht gewährt. Er sagt, es sei doch die moderne Welt, sie funktioniert so. Das haben wir in unserer alten Welt nicht begreifen können und er will den Fehler nicht noch einmal machen. Während Hatef und Abraham einen sehr schwarzen Tee trinken und ihre Wasserpfeife rauchen, unterhalte ich mich mit einer Frau, die zum ersten Mal mein Lokal besucht. Hatef macht darüber sehr blöde und unverschämte Kommentare. Ich bin nicht unbedingt an der

Frau interessiert, denn sie ist ja nur ein Gast bei mir. Als sie zu ihrem Platz ging, sagte Hatef zu mir, dass sie heiß auf mich ist. Er wünscht mir für diese Nacht einen guten Fick. Der falsche Hund hat gar keinen Respekt – So etwas sagt man doch nicht vor seinem Präsidenten. Abraham ist sowie sehr scheu und er wurde wegen der sexuellen Sätze von Hatef sehr rot im Gesicht. Ich versuche mich sofort bei Abraham zu entschuldigen und bevor ich fertig bin, sagt er zu uns beiden, dass er diese sexistischen Anmerkungen von Hatef nicht unbedingt gut findet, aber das reicht nicht, um Menschen aus unserem Zuhause zu vertreiben. Die MMÜA hat uns damals wegen so etwas in die Gaskammer geschickt. Man hätte besser reden können. Dann wäre man vielleicht in einen Dialog gekommen und hätte bestimmt eine gemeinsame Lösung finden können. Hatef sagt, die MMÜA wolle weder für Frauenrechte kämpfen noch etwas gegen sexuelle Gewalt unternehmen. Es sei nur ein Vorwand. Die MMÜA hat diese Ideale ausgenutzt, um an die Macht zu kommen und es ist ihnen mit einem erfolgreichen Putschversuch gelungen, eine legitime demokratische Regierung zu stürzen.

Wären wir damals in einen Dialog gekommen, hätten die Frauen auch ihre Rechte, und somit hätte die MMÜA ihr Ziel nicht erreicht. Dafür hat sie uns wie Lämmer geopfert. Abraham macht Hatef relativ laut darauf aufmerksam, dass wir damals freiwillig in die Gaskammer gegangen sind. Hatef erlaubt sich, zu erwähnen, dass die MMÜA das Gas nie aufdrehen würde, und dass sie es auch nie vorgehabt hat. Sie hätten uns nur weghaben wollen. Ich will auf die Frau zurückkommen, um dem blöden Hatef klarzumachen, dass die Frau für mich zu alt ist. Er sagt, dass sie doch zehn Jahre jünger als ich ist, und dass wir unser Zuhause vor langer Zeit verlassen haben. Ja, ich verstehe, was er meint. Ich bin nicht mehr der junge Mann, der aus Stolz seine Heimat verließ. Ich nehme irgendwie die Jahre in unserer neuen Welt nicht wirklich wahr. Als ob die Zeit stehen geblieben wäre, seitdem wir aus unserer Heimat vertrieben worden sind. Es zeigen nun die Frauen Interesse an mir, die über dreißig Jahre alt sind. Für die zwanzigjährigen Mädels bin ich ziemlich alt. Ich finde es nicht unbedingt so schlimm, denn somit weiß ich immer, wie alt ich bin oder wie alt ich geworden bin! In zehn Jahren würden sich die vierzigjährigen Frauen für mich interessieren. Für die jüngeren dreißigjährigen Ladys würde ich dann schon zu alt sein. Abgesehen davon ist es echt nicht zu überhören, wie wir hier aus jedem Thema – sogar dem Fußball – Politik machen. Die Politik ist in unserem Leben sehr präsent. Es liegt vielleicht daran, dass wir hier Asylanten sind. Ja, wir sind nicht die freien Männer, die sich mit Gas umbringen wollen, lieber lassen sie sich von den Frauen führen. Wir sind an diesem Ort Flüchtlinge und das Problem, wenn man ein Flüchtling ist, ist, dass man in einer Übergangsphase beziehungsweise in einer Übergangszeit lebt. Man weiß zwar sehr klar, wo man ursprünglich herkommt, aber man weiß nicht mehr, wozu man gehört. Diese Krise belastet sogar die zweite Generation mehr als uns. Wir haben vor Kurzem unsere neuen Parlamentsabgeordneten ausgewählt. Kein Einziger von unserer ersten Generation hat es geschafft ins Parlament zu kommen. Alle neuen Vorsitzenden kommen aus der zweiten Generation. Sie haben immer mehr Plätze in unserem Parlament bekommen. Bei jeder Wahl sind sie mehr geworden und wir weniger. Vor acht Jahren haben sie 65 % der gesamten Stimmen bekommen, was eigentlich die Mehrheit im Parlament bedeutet. Vor vier Jahren haben sie 83 % von den Stimmen bekommen und das ist die absolute Mehrheit gewesen, aber jetzt erreichten die Kandidaten aus der zweiten Generation 100 %! Wird das nicht heißen, dass sie uns ausgeschlossen haben? Hatef wirft der Wahlverwaltung einen Betrug vor, daher sind die Wahlergebnisse für ihn gegenstandslos. Er fordert Abraham auf, alle aus der zweiten Generation vor unser Hofgericht zu bringen. Er nennt sie alle – sogar seine Tochter Hanin – Verräter. Er warnte unseren Präsidenten davor, dass das neue Parlament ihm sein Amt nimmt. Hanin lacht ihren Vater an und sagt, er sei nur ein Trottel und ein alter Verschwörungstheoretiker. Es geht ihr darum, dass die zweite Generation die Kultur und das Land hier besser versteht. Sie glaubt, dass wir, die Begründer, irgendwo in der Vergangenheit hängen geblieben sind, und dass wir unser politisches Werkzeug nicht entwickelt haben. Ich denke, dass sie mit dem politischen Werkzeug die politischen Methoden meint, um ins Parlament zu kommen. Zum Beispiel ist unsere Wahlwerbung oder Wahlpropaganda veraltet.

Abraham sagt: „Für die zweite Generation ist das Land hier ihre Heimat und es ist für uns eine Gaskammer ... ein Grab. Sie kämpfen für ihr Zuhause, und wofür kandidieren wir?" Mir kommt es so vor, dass es nichts anderes als ein Machtkampf ist. Es handelt sich um eine neue Gruppe, die die Macht von einer alten Gruppe übernimmt, sobald es möglich ist. Sie nehmen das Privileg der Macht von der alten Gruppe für sich. Die Geschichte der Menschheit ist nichts weiter als eine Phase, wo eine neue Elite die Macht von alten Eliten übernommen hat. Danach kündigen die neuen Eliten eine Welt beziehungsweise ein neues politisches System an und so läuft die Geschichte weiter, bis es zu einem neuen Machtwechsel kommt. Hanin meint, wenn wir hierhergekommen sind, um zu sterben, ist die zweite Generation hier auf die Welt gekommen, um zu leben. Wir müssen laut Hanin die Wahlergebnisse akzeptieren und wir müssen endlich mal ein bisschen demokratisches Verhalten zeigen. Das wäre für sie der Grund dafür, dass wir einmal unser Zuhause verloren haben. „Sie ist ein Scheiß-Kind und sie muss das Wasserpfeifen-Lokal verlassen!", sagt Hatef. Hanin interessiert mich immer mehr und mehr. Sie beeindruckt mich jedes Mal aufs Neue, wenn sie redet. Sie ist sehr hübsch, aber sie ist auch klug und sehr reif. Sie versteht sich und die anderen, aber auch die Welt ganz gut. Ich würde sie am liebsten gleich heiraten, aber das ist natürlich unmöglich. Ich bin ein guter Freund von ihrem Vater, außerdem ist sie schon verheiratet und ich bin viel älter als sie. Deswegen erlaube ich es mir nicht, mit ihr überhaupt darüber zu reden, obwohl ich relativ sicher bin, dass sie an mir auch interessiert ist. Ich glaube nicht, dass ich richtig in sie verliebt bin, sondern sie ist für mich die Sehnsucht, in die alte Zeit zurückzukehren. Ich würde vielleicht Sex mit ihr haben, aber mehr auch nicht, und das wird unser Geheimnis bleiben. Es ist so viel einfacher, als ernsthaft etwas mit ihr anzufangen. Ich könnte mich weder vor Hatef noch vor Abraham rechtfertigen, wenn ich mehr von ihr wollte. Es dauerte nicht sehr lange, bis unsere neue Regierung aus der zweiten Generation dem Abraham alle seine staatlichen Zuständigkeiten abgenommen hatte. Er bleibt trotzdem ehrenamtlich unser Präsident und er darf an unserem Staatsfest teilnehmen. Er ist auch ehrenamtlich der Hauptführer unseres Militärs, obwohl wir immer noch gar kein Militär haben. Wir dürfen eigentlich auch keins gründen. Die MMÜA verbietet uns, eine eigene Sicherheitskraft, bis auf die Polizei, zu haben. Wir haben mit der MMÜA vor vielen Jahren diesbezüglich ein Abkommen unterschrieben, das uns verpflichtet, keine Waffen in unserem Land zu haben, und die MMÜA hat sich verpflichtet, uns vor jedem möglichen feindlichen Angriff zu schützen. Hatef ist gerade in mein Lokal gekommen und hat eine Lokalrunde bestellt, dafür hat er zwei verschiedene Gründe. Der erste Grund ist das zweite neugeborene Kind von Hanin – Hatef ist zum zweiten Mal Opa geworden. Der zweite Grund ist der neue Name unseres Staates, der heißt jetzt „die östliche Digital-Republik". Soweit ich weiß, hat die MMÜA erst einen neuen Namen für unsere alte Heimat ausgesucht, sie heißen jetzt „die westliche Digital-Republik". Es ist kein Zufall, dass unsere Regierung den gleichen Namen von der MMÜA übernommen hat. Hatef hat bestimmt nicht den neuen Namen unseres Staates gefeiert und er hat bestimmt meine Gäste nicht deswegen eingeladen, das war nur ironisch gemeint. Da bin ich mir ganz sicher, dafür kenne ich ihn doch lange genug. Er ist ja kein Freund der MMÜA.

Abraham hat sich auf den neuen Sohn von Hanin sehr gefreut, er ist für ihn wie sein eigenes Enkelkind. Abraham selbst hat immer noch keine Kinder, obwohl er das sehr gerne hätte. Seine Freundin will gar keine Kinder. Abraham glaubt, dass seine Freundin immer noch beleidigt ist, weil er damals mit ihr und mit zwei weiteren Frauen gleichzeitig zusammen war. Ich denke auch, dass sie sich deswegen immer noch unsicher mit ihm fühlt. Hatef sagt, dass die Schlampe ihre Model-Figur behalten will und er ist fest davon überzeugt, dass eine junge Frau zwar sehr gut für das Bett ist, aber schlecht für das Herz. Er erzählte mir einmal, dass alle Kameltreiber für sich sehr gerne junge Frauen aussuchen, die ihnen später das Herz brechen. Ich hoffe, dass ich die Metapher hinter der Geschichte verstanden habe. Hatef hat mich gefragt, ob ich Hanin mit ihm im Krankenhaus besuchen will. Ich musste überhaupt nicht überlegen, ich bin sehr gerne ins Krankenhaus gegangen, um Hanin zu besuchen. Ich sehe nun das neue Baby und ich denke mir, wie schön es wäre, wenn das Kleine mein Kind von Hanin wäre. Ich muss jetzt aber auch an meine Kinder denken. Sie sind nun bestimmt schon groß und haben wahrscheinlich selbst Kinder.

Am Abend setze ich mich eine halbe Stunde lang mit Abraham und Hatef an den Tisch, trotzdem schweigen wir immer noch. Es ist eigentlich sehr untypisch, dass wir uns beim Teetrinken nicht unterhalten. Vor allem Hatef ist immer derjenige, der mit dem Reden nicht aufhören kann. Plötzlich fragt Abraham mich, ob ich möchte, dass er nach meinen Kindern auf der anderen Seite fragt. „Nein, nein, nein! Das will ich nicht. Man soll mir diese alte Wunde nicht aufreißen!", habe ich ihm geantwortet. Jetzt weiß ich zumindest, warum der Arsch Hatef die ganze Zeit schweigt. Er hat bestimmt Abraham darum gebeten, mir bei der Suche nach meinen Kindern zu helfen. Ja, das kann nur er gewesen sein. Abraham hat es nicht alleine gemacht. Das wird er sich heute im Krankenhaus ausgedacht haben. Ich weiß ganz genau, wie er tickt. Er glaubt vielleicht, dass ich, nachdem ich den kleinen neuen Sohn von Hanin gesehen habe, nun Sehnsucht nach meinen eigenen Kindern habe und er fühlte sich deswegen nun schuldig, weil er mich ins Krankenhaus mitgenommen hat. Wo er nicht ganz unrecht hat oder wo er zum Glück nicht ganz recht hat. Heute habe ich in meinem Lokal eine Buchpräsentation für Abraham gehabt. Das Buch hat er vor einer Woche auf den Markt gebracht, obwohl er die MMÜA vor einem Jahr um eine Genehmigung ersucht hat. Ja, wir dürfen in unserer neuen Welt erst Bücher veröffentlichen, wenn wir die Erlaubnis von der MMÜA auf der anderen Seite erhalten. In seinem neuen Sachbuch hat Abraham den historischen Hintergrund der MMÜA analysiert. Er behauptet, dass wir Menschen zwei

Grundbedürfnisse haben und die sind das Essen und die Anerkennung. Alle anderen menschlichen Bedürfnisse kommen danach. Das bedeutet nach Abraham, dass der Mensch zuerst das Essen und danach die Anerkennung sucht. Die feministische Bewegung MMÜA besteht laut dem Buch von Abraham aus zwei Hauptgruppen. Die erste Gruppe bilden die Frauen mit Migrationshintergrund, die er die „Ausländer mit den westlichen Reisepässen" nennt. Diese Gruppe ist nun sicher, dass sie genug zu essen hat und auch jederzeit genug zu essen finden kann und sie versucht jetzt die Anerkennung zu bekommen. Die zweite Hauptgruppe ist die der Bauerntöchter, die nach der industriellen Revolution mit ihren Eltern in die großen Städte umziehen mussten. Diese Gruppe ist auch so weit, dass sie nun auch nach Anerkennung verlangt.

Soweit ich das Buch von Abraham verstanden habe, schließt er aus, dass die feministische Bewegung nach dem damaligen erfolgreichen Putschversuch an die Macht gekommen ist, um den Frauen die Gleichberechtigung zu geben. Abraham bestreitet in seinem Buch, dass die MMÜA sich für Frauenrechte überhaupt interessiert. Hanin sagt, dass die MMÜA ein demokratisches Verhalten zeigt, weil sie das Buch überhaupt veröffentlichen lassen hat. Ich weiß nicht, was ich über das Buch zu sagen hätte, wenn ich auch wie ein frischer Liberaler erzogen worden wäre. Ich bin es zum Glück nicht und ich stehe hinter meinem Bruder Abraham. Er hat meiner Meinung nach auf jeden Fall recht. Ich habe eine soziale moralische Pflicht, den Abraham immer zu unterstützen. Hatef bezeichnet das Buch als „heiliges Buch". Er meint, wenn man das neue Buch von Abraham auf die Waage legt und wenn man die drei heiligen Bücher auf eine andere Waage legt, wiegt das Buch von Abraham deutlich schwerer. Ich bin selbst sehr froh, dass ich das ausländische Deutsch von Hatef sehr gut verstehe, ansonsten hätte ich nun nicht unbedingt verstanden, was er gerade sagen will. Hatef wollte eigentlich sagen, dass das neue Buch von Abraham für ihn wertvoller als die drei heiligen Bücher ist, obwohl er ein gläubiger Mensch ist. Er ist einfach der Abraham – ein sehr loyaler und leidenschaftlicher Mensch. Hanin versteht das sehr gut, dass sich ihr Vater auf das Buch sogar mehr als der Abraham freut, trotzdem sorgt sie sich um ihren Vater. Er ist aus ihrer Sicht wegen des neuen Buches sehr euphorisch und Hanin befürchtet, dass Hatef eine Herzattacke bekommen könnte, weil er wegen Abrahams Buch so sehr aufgeregt ist. Er hat ja auch einen Herzfehler. Sie hat mich darum gebeten, auf ihn aufzupassen. Ja, ich tue das ihr zuliebe gern, aber ich mache es auch aus Liebe zu ihm. Ich hatte sowieso vor mit Hatef zum Kardiologen zu gehen, da er einen Arzt sehr ungerne besucht. Ich kann sehr gut nachvollziehen, dass der Mensch – unabhängig von seinem Geschlecht – Anerkennung sucht, aber ich kann das nicht mehr verstehen, wenn man uns dafür vertreiben musste, und das hat MMÜA in der Tat gemacht. Deswegen verstehe ich sehr gut, dass Hatef sich so sehr auf das Buch freut. Das Buch ist das erste Dokument, das uns als Opfer einer Vertreibung bezeichnet. Nebenbei bemerkt: Das neue Buch von Abraham heißt „Die Radikalen mit den legitimen Bedürfnissen". Es war doch nicht so leicht, den Hatef zu dem Arztbesuch zu überreden, sodass ich zum Schluss Abraham um Hilfe bitten musste. Hatef hat mit allem Möglichen dagegen argumentiert, bis zu dem Punkt, wo Abraham ihm leise, aber doch bestimmt gesagt hat, dass wir alle Angst davor haben, und dass er mit dem Scheiß aufhören soll! Ich verstehe ganz genau, von welchen Ängsten der Abraham redet. Er meint eigentlich nicht die Angst vor dem Arzt, sondern er macht uns auf die Angst vor dem Tod aufmerksam. Ja, wir, die erste Generation, wünschen uns auf jeden Fall zu Hause begraben zu werden. Bruder Abraham hat dafür vor ein paar Jahren mit der MMÜA Gespräche geführt und er hat sie darum gebeten, uns zu erlauben, unsere Toten aus der ersten Generation in unserer alten Welt begraben zu dürfen. Die MMÜA hat es abgelehnt. Sogar unsere Leichen sind dort nicht erwünscht. Diese dummen radikalen Feministinnen sollen sich ins Knie ficken! Das ist echt zu viel. So schlimm sind wir ja wohl auch nicht gewesen.

Die MMÜA begründete ihre Ablehnung damit, dass sie befürchtet, dass unsere Gräber sich in ein patriarchalisches Symbol verwandeln beziehungsweise, dass das Patriarchalische wegen unserer Gräber zum Aufleben gebracht wurde und das wollen sie ja angeblich auf gar keinen Fall. Ach was ... die Arschlöcher aus der MMÜA erzählen uns schon wieder Lügengeschichten! Sie betrügen uns weiter. Sie fühlen sich sogar von unseren Gräbern bedroht. Sie haben alle dort ständige Angst, ihre Privilegien zu verlieren. Unser Präsident will einen neuen Antrag in den nächsten 10 Jahren stellen. Er glaubt, dass unsere Chance, einen positiven Bescheid zu bekommen, größer wird. Ja, vielleicht hat er recht. Die MMÜA wird bis dahin bestimmt nicht mehr so streng sein wie jetzt. Wenn ich bis dahin bereits tot sein sollte und wenn meine Leiche schon hier in Australien begraben würde – Was interessiert mich das denn dann überhaupt noch? Ehrlich gesagt, auch wenn wir ab jetzt unsere Toten zu Hause bei der MMÜA beerdigen dürften, wo bleibt dann unser Geist? Hier oder dort? Das wird ja wohl die MMÜA nicht kontrollieren können. Unser Geist ist allerdings unsere Geschichte, die wir in unserer alten Heimat, aber auch hier erlebt haben, deswegen wird unser Geist keine Ruhe nach unserem Tod finden. Er wird sich bestimmt zwischen hier und dort spalten.

Das, wo die Toten für immer liegen, nennt man einen Friedhof und man meint damit eigentlich, das sei ein Hof des Friedens, besser gesagt es sei der einzige Ort, wo man Frieden finden kann, aber das betrifft uns patriarchale Männer nicht. Unseren Seelenfrieden hat die MMÜA uns bereits geraubt. Ach was, ich will mich damit nicht mehr beschäftigen, ich mache mich selbst dabei nur kaputt und das muss nicht sein. Ich genieße das Leben jetzt, und was danach mit meiner Leiche passiert, ist mir scheißegal. Hatef sagt, dass der Kampf gegen die MMÜA damals die richtige Entscheidung gewesen wäre, und dass unsere damalige Entscheidung, aus Stolz in die Gaskammer zu gehen, kindisch und verantwortungslos war. Aber selbst wenn Bruder Hatef recht hätte, bringt das jetzt alles nichts mehr. Hatef beschwert sich in der letzten Zeit fast jeden Tag bei Abraham über die deutsche Sprache. Er versteht nicht, warum wir auch hier auf Deutsch reden müssen und er will nach all den vielen Jahren unbedingt wissen, warum sich Abraham damals für die deutsche Sprache als

Amtssprache entschieden hat. Soweit ich weiß hat Abraham das deswegen getan, weil die Deutsche Zentralbank unsere Reise in die Gaskammer damals finanziert hat. Eine Lora, eine Jasmina, eine Kristine, eine Josefina und eine Andrea, so heißen die Kinder, die gerade vor uns in dem Park spielen, während wir unser Fleisch grillen. Unter den Kindern gibt es Muslime, Christen, Juden, Buddhisten und es gibt auch unter den wunderschönen kleinen Kids farbige und weiße Kinder. Die Kleinen, die gerade unsere Aufmerksamkeit bekommen, stellen für sich beim Spielen überhaupt keine Identitätsfragen mehr. Es ist ja unsere dritte Generation. „So alt sind wir; Abraham, Hatef und ich!", sagt Hanin laut lachend. Die Kinder, die zwischen vier und sechs Jahre alt sind, planen für uns alten Männer ein Integrationsprogramm und die Hanin kriegt gerade einen Lachanfall. Abraham nimmt die Behauptung von den Kindern sehr ernst, sodass er sie alle zum Gespräch einlädt und er fragt sie nun, warum sie glauben, dass wir einen Integrationsplan brauchen. Eines der kleinen Mädchen antwortet ihm, weil er sich sehr komisch benehmen würde. Ein anderes Mädchen fragt mich: „Und du auch?" Das kleinste Mädchen in der Gruppe meint zu dem armen Hatef, dass er ein schlechtes, gebrochenes Deutsch redet, und dass man ihn aus diesem Grund nicht immer verstehen kann.

Hatef ist jetzt echt sauer und er beschimpft die Kleine als Scheiß-Kind. Hanin gibt ihrem Vater einen Kuss auf die Wange und bittet ihn darum, sich zu beruhigen. Hatef fragt sie, ob er mehr als der Scheiß-Kanake ist, aber das sagt er eher ironisch, sodass ich mir gut vorstellen kann, dass er überhaupt nicht beleidigt ist. Abraham übernimmt gerade das Reden und darauf habe ich gewartet. Er erklärt uns nun, dass der Integrationsprozess ein dynamischer Prozess sei, der vorgeplante Abläufe hat und die Kinder gehören hier dazu, weil wir diese Welt für sie aufgebaut haben. Sie sehen unsere neue Welt als ihr eigenes Zuhause, weil wir für sie das neue Zuhause gut strukturiert haben. Sie haben keine Identitätskrise mehr, weil ihre Eltern aus der zweiten Generation die Identitätsfrage für sie bereits beantwortet haben. Ich finde das sehr interessant, wie Abraham die Generationenunterschiede versteht, aber ich habe gerade das Gefühl, dass ich das von Abraham irgendwann schon einmal gehört habe. Ja, ich denke, dass Abraham Sachen zum wiederholten Mal erzählt und das hat er früher nie gemacht. Sein neues Buch handelt von Gedanken, die er auf dem Fluchtweg gehabt hat. Als ich Hatef davon erzählt habe, hat er mich ausgelacht und meinte zu mir, dass ich auch in dem letzten Jahr immer wieder dieselbe Geschichte erzähle!

Der Arsch Hatef sagt auch, dass er der Einzige von uns ist, der immer was Neues hat und das liege auch daran, dass er zwar in demselben Alter wie wir, aber doch besser erhalten ist. Er formuliert es so „sein Herz sei immer noch so jung wie von einem Teenager" und er meint damit, er sieht viel jünger als wir aus. Das Problem ist für mich nicht, dass er so was sagt, sondern dass er es wirklich so meint! Aber es ist typisch Hatef. Er hat Erklärungen für alles, was für ihn immer Sicherheit schafft, aber seine Art, die Dinge zu verstehen, ist sehr oft nicht logisch. Er versteht sich, er versteht die anderen und er versteht die Welt, wie es ihm lieber ist. Hingegen probiert Abraham alles in seiner Umgebung objektiv zu verstehen und ich versuche immer irgendwie die beiden nachvollziehen zu können. Ich bin öfter lieber der Zuhörer. Wir sind komischerweise über Jahre befreundet, aber wir haben uns kaum beeinflusst oder haben uns auch kaum verändert. Haben wir uns vielleicht verweigert, uns zu entwickeln? Weil wir uns in einem Traum eingesperrt haben und warum das alles? Weil wir nicht verstehen wollten, dass das Patriarchale damals ein Wirtschaftsmodell war, das bereits abgelaufen war. Trotzdem bereue ich es nicht und ich bin mir sicher, dass Abraham und schon gar nicht Hatef es bereuen, bis zum letzten Atemzug dazu zu stehen.

Wir sind jetzt im Haus von Hanin, weil sie uns zum Essen eingeladen hat. Sie hat echt ein sehr schönes Haus. Das hätte ich gern beschrieben, wenn ich nicht sicher wäre, dass ich mich selbst lächerlich dabei fühlen würde. Abraham isst normalerweise so wenig, weil er ein Kettenraucher ist, aber heute war das Essen so gut, dass er relativ viel gegessen hat. Hatef und ich essen sowieso viel und das taten wir nun auch. Die Hanin unterhält sich sehr freundlich mit uns allen, damit es uns nicht langweilig ist, aber sie tut es auch, weil sie nicht will, dass wir uns über Politik unterhalten. Das machen wir Männer sehr gerne, wenn wir uns gehemmt fühlen, über das Ficken zu reden. Ihr Mann redet so wenig und versucht die ganze Zeit es mit Lachen zu überspielen. Er wirkt sehr unsicher und es ist mir mittlerweile klar, dass Hanin komplett das Sagen über ihn hat. Sie wiederholt andauernd, dass er ein Liberalist ist. Die große Frage ist, ob sie von ihm so was behauptet, um seinen Stolz zu retten oder ob sie das von ihm behauptet, um ihren eigenen Stolz zu retten. Es ist sicher nicht leicht für sie, ihre Beine für so ein Weichei breit zu machen.

Wie verrückt unsere Welt in der Tat ist und wie wichtig der soziale Status für uns geworden ist. Er ist ja sogar wichtiger als unser intimes Leben. Während ich mich mit meinen Gedanken gequält habe, hat Hanin angekündigt, dass ihr Mann bald arbeiten gehen muss. Ich habe keinen Zweifel, dass seine Anwesenheit für sie peinlich ist, und dass sie ihn loshaben will, was sie natürlich sehr leicht schafft. Ja, das verstehe ich irgendwie. Ein Mann, der nicht gescheit reden kann, ist wie ein Macho, der keine Eier hat. Unsere Gastgeberin hat mich kurz um meine Aufmerksamkeit gebeten und sie sagt, sie hat ein Projekt für uns alle drei. Sie möchte mit uns eine private Krankenversicherungs-Firma aufbauen und ebenfalls mit uns gemeinsam das erste Online-Krankenhaus auf der Welt gründen. Hatef will das auf gar keinen Fall, er begründet seine Ablehnung damit, dass er kein kapitalistisches Schwein ist, und dass er dafür sein Zuhause nicht verlassen hat. Ich bin davon auch nicht unbedingt begeistert, weil ich mich nicht als Unternehmer sehe, sondern ich sehe mich immer noch als rebellischen Menschen und es ist mir egal, wenn die anderen mich für blöd und altmodisch halten. Trotzdem habe zu Hanin Ja gesagt, dass ich mit ihr mitmachen möchte. Ich hätte ihr eigentlich lieber Nein gesagt, aber ich habe gerade Schuldgefühle, weil ich schlecht über ihren Mann geredet habe. Ich bin auch sehr schwach, um ihr abzulehnen.

Abraham interessiert sich zwar nicht für die private Krankenversicherung, aber er hat wohl großes Interesse an dem Online-

Krankenhaus, da würde er sehr gerne mitmachen, wenn Hanin das auch will. Er hat sogar den Hatef davon überzeugt, mitzumachen. Er sagte zu ihm, dass es nirgendwo ein Krankenhaus gibt, das seine Dienste online anbietet, und dass sogar die MMÜA immer noch kein Online-Krankenhaus hat. Nachdem Hatef das von Abraham hörte, hat er seine Meinung sofort geändert. Er ist aber wie auch Abraham bereit, ein Projekt mitzufinanzieren und das ist ganz klar nicht die private Krankenversicherungs-Firma. Wir müssen zwar wie immer alles von der MMÜA genehmigen lassen, doch dafür haben wir schon einen Antrag bezüglich unseres Online-Krankenhauses erstellt. Die MMÜA erteilte uns innerhalb von ein paar Minuten eine Erlaubnis, allerdings unter der Voraussetzung, dass die feministische Zentralbank 49 % von den beiden Projekten mitfinanziert, und dass dieselbe Bank unsere Projekte mit besetzt. Hatef schimpft aus diesem Grund die ganze Zeit über die MMÜA und schmeißt Sachen wie wild in der Gegend herum. Abraham meint zu uns, dass wir uns auf das Angebot von der MMÜA einlassen müssen, ansonsten kommen wir mit den beiden Projekten nicht weiter. Er behauptet, dass es kein Problem ist, solange wir über 51 % von den beiden Projekten besetzen, weil wir damit die Leitung bekommen würden. Hanin ist so gut vorbereitet, dass sie die Eröffnung von den beiden Projekten in kurzer Zeit hinter sich gebracht hat. Sie ist nun die Leiterin für die Privatkrankenversicherungs-Firma, aber sie ist auch die Leiterin des Online-Krankenhauses. Die MMÜA hat kaum ein Problem damit, dass in der Leitung keine MMÜA-Mitglieder sind, sondern eine Frau aus unserer Welt. Solange die Führungskraft weiblich ist, wird es für die MMÜA kein Problem sein. Sobald ein Mann irgendeine Leitungsstelle übernimmt, bezeichnet die MMÜA das als Rückkehr des Patriarchates und sie droht unserer Regierung mit Sanktionen.

Die Regierung bei uns ist der MMÜA total unterlegen, sie traut sich nie, sich der MMÜA in den Weg zu stellen oder gar ein einziges Mal NEIN zu sagen. Immer wenn unsere Regierung hier eine Krise mit der feministischen Regierung wegen einer männlichen Leistungskraft hat, zwingt sie den männlichen Leiter dazu, zurückzutreten. Dann lassen sie es in den Medien so aussehen, als ob der Mann freiwillig seinen Posten aufgegeben hat. Eine Frau aus unserer Welt übernimmt danach die Leitungsstelle und wir tun alle, als ob wir unseren angeblich freien Medien glauben. Wie können unsere Medien frei arbeiten, wenn die MMÜA sie regelmäßig kontrolliert? Immer wenn der feministischen Regierung irgendetwas nicht passt, werfen sie uns schon wieder vor, frauenfeindlich zu sein und unser Medienapparat muss sich dafür entschuldigen. Um uns vierundzwanzig Stunden am Tag zu überwachen, benutzt die MMÜA das Konzept „Rechtsstaat" als Vorwand und somit können sie sich in unsere Leben einmischen, wie sie wollen. Die MMÜA kann uns relativ viel verbieten, sie muss nur behaupten, dass wir mal wieder gegen das Gesetz verstoßen haben. Ich sage zu Hatef, dass wir langsam keine Vertriebenen mehr sind, sondern wir sind Investoren. Daraufhin schreit er mich gleich an, ich soll zumindest ein Anleger sagen, weil das Wort Investor aus dem Englischen stammt und das macht die Sache viel schlimmer für ihn.

Abraham fragt Hanin, was die nächsten Schritte sein könnten. Sie antwortet: „Wenn das alles mit der Investor-Arbeit gut klappt, werde ich vielleicht in die Politik gehen." Das Online-Krankenhaus besteht nur aus zwei Zimmern, einem Wartezimmer – und das ist ein kleines Zimmer mit drei Stühlen – und einem Untersuchungszimmer, das ist ein großes Zimmer mit einem großen Computer. Eine Krankenschwester arbeitet dort und sie gibt ganz einfach in den Computer ein, was zu tun ist. Der Computer macht dann fast alles von allein. Ultraschall, Röntgen, Radiologie – am Ende der Untersuchung kriegt man die Anweisung direkt von einem Drucker und weiß dann schon, was man gegen die Beschwerden tun kann. Man kommuniziert zwar mit keinem Arzt mehr, der uns unsere Ängste nimmt, aber dafür kriegt man eine relativ genaue Diagnose beziehungsweise konkrete Therapie. Bis auf Hatef, Abraham und mich hat keiner die Hilfe der Krankenschwerster bei der Untersuchung gebraucht. Meine Freunde und ich sind von ihr schwer abhängig, wir können uns ohne ihre Hilfe von dem Computer nicht untersuchen lassen. Die Generation von Hanin schafft es doch schon allein und die dritte Generation tut sich mit dem neuen medizinischen System noch leichter als die zweite. Ich glaube, wenn meine Freunde und ich sterben würden, würde die Krankenschwester ihre Arbeit verlieren, sie würde ja dort für nichts mehr gebraucht werden. Ach, die radikalen Feministinnen auf der anderen Seite haben nun eine neue Debatte. Alle dort sind damit beschäftigt, aber wir in unserer neuen Welt auch. Immer wenn sie dort etwas diskutieren, müssen wir uns hier auch die ganze Zeit darüber unterhalten. Als ob wir von denen abhängig sind. Wenn wir – die Gründer-Generation – das machen, weil wir immer noch mit unserem ursprünglichen Zuhause beschäftigt sind, warum ist dann die zweite und dritte Generation mit demselben Thema beschäftigt? Wahrscheinlich, weil die MMÜA eine bessere Wirtschaft hat. Ihre Wirtschaft funktioniert besser als unsere, damit sie ihr Thema in den Medien besser präsentieren kann. Ach, die MMÜA macht ganz einfach Propaganda hier bei uns. Die neue Debatte dort ist nun, ob der Islam zu ihrer Welt gehört. Gleichzeitig gilt bei der MMÜA jedoch, dass die muslimischen Frauen auf jeden Fall dort dazugehören. Sie sollen sich doch ins Knie ficken! Wen will man eigentlich mit so einem Schwachsinn verarschen?! Wie kann ein Mensch irgendwo ohne seine Werte dazugehören?

Die radikalen Feministinnen haben tatsächlich keine Eier, um klar zu sagen, dass die Muslime auch nicht dazugehören. Hanin glaubt, es sei eine Frage der Zeit, bis man aufhört, Antworten auf die großen Fragen zu suchen, weil man sich irgendwann die Kosten der Antworten nicht leisten kann. Die Suche nach den Antworten ist ein Prozess, der in der modernen Welt Geld kostet. Abraham erzählt uns, dass die Muslime vor langer Zeit die griechischen philosophischen Werke aus dem Griechischen ins Arabische übersetzt haben, ansonsten wären die kostbaren philosophischen Werke verloren gegangen und dafür haben die Juden damals auch viel geleistet. Aber der Dolmetscher ist damals nicht unbedingt dafür qualifiziert gewesen, um so einen Job zu machen. Es gab ja damals wie heute kein Dolmetscher-Studium, deswegen waren die Dolmetscher sehr subjektiv und es ist ihnen nicht gelungen, neutral oder sachlich bei der Übersetzungsarbeit zu bleiben. Im Gegenteil sind die Dolmetscher in ihren Werken sehr anwesend und sie haben dabei ihre Kultur, aber auch ihren Glauben in die philosophisch zu übersetzenden Werke reingebracht. Viele Jahre später hat sich die heutige feministische Welt von ihren Bürgerkriegen erholt und man hatte zwar damals die philosophischen Werke rückgängig vom Arabischen ins Lateinische übersetzt, aber es war unmöglich zu erkennen, was der arabische Dolmetscher in seinem Werk geändert hat. Somit hat sich der Islam in den philosophischen Werken ausgeprägt und man hat diese Religion zu einem Teil dieser westlichen Kultur erklärt oder gemacht.

Obwohl der Abraham der Einzige ist, der diese Frage so gut beantworten und seine Antwort historisch begründen kann, hat Hatef eine andere Antwort auf die Debatte! Für ihn muss man unbedingt wissen, ob der Islam mit den feministischen westlichen Werten überhaupt vereinbar ist, um zu wissen, ob der Islam zu der feministischen westlichen Welt dazugehört. Hatef behauptet, dass der Döner Kebab bereits diese Frage beantwortet hat! Keiner versteht, was er wirklich damit gemeint hat. Aber er erklärt uns weiter, dass er einmal die erste Generation, die den Döner Kebab in den Westen mitgebracht hat, gefragt hat, ob sie damals in ihren Döner-Kebab-Geschäften Alkohol verkauft hätten. Alle haben ihm mit Nein geantwortet, aber heutzutage findet man kein einziges Döner-Kebab-Geschäft ohne alkoholische Getränke, weil sich das Produkt an die Kultur des Gastgebers angepasst hat und Döner Kebab ist ursprünglich ein Migrantenprodukt von den Muslimen. Anders gesagt ist er damals ein Muslimprodukt gewesen und die heutigen Muslimen, die Kebab verkaufen, verkaufen auch Alkohol. Das heißt für Hatef, dass der Döner Kebab bereits bewiesen hat, dass der Islam mit den feministischen Werten komplett vereinbar ist. Ich habe heute ein großes Haus mit einem großen Hof oder Garten gekauft, weil ich auch Tiere haben will. Ich habe nun zwei Ziegen – eine heißt Hamlet und die andere heißt Shakespeare. In meinem Garten leben auch viele Hasen, denen ich sehr gerne Namen gegeben habe, die aus verschiedenen Ländern abstammen. Unter den neuen Mitbewohnern meines Gartens sieht man meinen Lieblingsvogel. Es ist eine Hühner-Art, von der ich neue Weibchen und ein Männchen gekauft habe. Ich würde sehr gerne zwei Lämmer an meine Tiergruppe anschließen, aber das kann ich nicht, weil das Tier mir Angst einjagt. Das Lamm erinnert mich an meine vielen Schwächen und somit schafft das friedliche Tier es doch, mir ein Gefühl von Unsicherheit zu geben. Ich wollte sehr lange das große Haus mit den vielen Tieren haben, aber ich habe gezögert, weil ich meine Brüder Abraham und Hatef nicht enttäuschen wollte. Aus diesem Grund ist es mir immer noch nicht gelungen, meine Schuldgefühle zu überwinden. Ich fühle mich in meinem neuen Haus mit meinen Tieren zum ersten Mal seit unserer Flucht wie zu Hause angekommen.

Seitdem ich in meinem neuen Haus wohne, bin ich nicht mehr in mein Shisha-Lokal gegangen, weil ich mich vor Abraham und Hatef für mein neues Haus schäme. Ich vermeide den Kontakt. Ich will eigentlich nicht, dass ich der Einzige von uns dreien bin, der eine Heimat hat und ich will ganz sicher nicht, dass meine zwei Freunde heimatlos bleiben. Aber wie kann man den Abraham überreden, seine Ideale aufzugeben und unsere neue Welt endlich mal als unser Zuhause anzuerkennen? Selbst wenn man es schafft, den Abraham davon zu überzeugen, wäre das mit Hatef ein unmöglicher Auftrag. Dafür ist er sehr emotional und vielleicht auch ein bisschen zu euphorisch. Ich bin der Fremdheit und der Heimatlosigkeit sehr müde und ich kann nicht länger darauf warten, mir irgendeinen Wunsch zu erfüllen, denn meine Zeit läuft ab. Vor Kurzem hatte ich einen schlimmen Hustenanfall und als ich mich diesbezüglich in unserem Online-Krankenhaus untersuchen lassen habe, wurde bei mir Lungenkrebs diagnostiziert. Obwohl ich ausreichende Auskunft über meine Krankheit und über die Therapie von dem Computer erhalten habe, habe ich es sehr nötig gehabt, mit einem Arzt aus Fleisch und Blut zu reden. Die Beziehung zwischen mir und einer Maschine in Bezug auf meine Erkrankung fügt meiner Gesundheit weiteren Schaden zu. Ich kenne ja nur Hanin und ich weiß, dass sie eine Ärztin ist. Sie ist vielleicht nicht auf Krebs spezialisiert, aber sie wird sich ganz sicher besser als ich auskennen. Ich habe der Frau, die ich schweigsam liebe, mein Todesgeheimnis anvertraut.

Hanin sagt zu mir, dass die Krebserkrankung an sich nicht mehr so schlimm wie früher ist, und dass die moderne Medizin ausreichend Therapien dafür hat, dass ich sehr lange leben kann. Hanin meint, es geht bei mir nun nicht um die Krankheit selbst, sondern es geht bei mir um die Angst davor und daran muss ich langsam arbeiten, um mir selbst bei der Therapie zu helfen. Sie empfiehlt mir, das Leben weiter zu begehren. Darunter verstehe ich, mir den Wunsch mit dem neuen Haus und mit den verschiedenen Tieren zu erfüllen und das habe ich tatsächlich gemacht. Abraham und Hatef sind gerade bei mir zu Besuch und sie erzählen über ihre eigene Krankheit. Ich erfahre nun zum ersten Mal, dass Abraham unter Diabetes leidet. Von Hatef weiß ich schon, dass er unter Bluthochdruck und chronischen Magenschmerzen, aber auch unter Angststörungen leidet, weil er sehr gerne darüber redet. Er sagt sogar, dass seine Krankheiten ihm am Arsch vorbeigehen, solange er am Leben ist und wenn er deswegen stirbt, dann wäre er sie wenigstens alle los. Eine verrückte Haltung, aber es tut irgendwie gut – typisch Hatef. Er gratuliert mir gerade zu meiner neuen Wohnadresse. Der Abraham stimmt ihm zu, dass diese neue Wohnadresse sehr schön ist. Ich verstehe meine Freunde sehr gut. Sie sehen mein neues Haus nicht als mein eigenes Zuhause beziehungsweise nicht als meine Heimat, sondern sie bezeichnen es als neue Wohnadresse und das ist für mich eine Erleichterung. Der Abraham schreibt gerade ein neues Konzept dafür, dass man bei uns die drei Religionen – das Judentum, das Christentum und den Islam – zum Aufleben bringen soll, nachdem sie alle drei in unserer neuen Welt ausgestorben sind. Wir haben alle zwar die Gaskammer überlebt, aber gläubig sind wir nicht geblieben. Der Abraham sieht es nicht als Problem, dass man hier keine Religion hat, sondern er will versuchen, die jüdische und die christliche Kultur, aber auch die muslimische Kultur von der Moderne nicht vernichten zu lassen. Er will das jüdische Osterbrot wieder backen lassen, er will die jüdischen Lieder in jedem Lokal wieder singen lassen, er will ein Theater auf Hebräisch wieder spielen lassen, er will vor allem den jüdischen Kindern Hebräisch beibringen und er will natürlich auch, dass die Christen und die Muslime das alles aus ihrer Kultur zurückholen.

Er kommt jede Nacht mit Hatef und Hanin zu mir und liest uns vor, was er zuletzt geschrieben hat. Dafür müssen wir unsere Meinung offen sagen, wir dürfen ihn auch hart kritisieren, wenn wir es für nötig halten. Hatef ist von uns am meisten motiviert, Abraham zu unterstützen. Er ist um das kulturelle Projekt sehr bemüht, sodass Abraham viele Ideen von ihm übernimmt. Hanin ist dagegen, deswegen versucht sie, dem Abraham immer wieder davon abzuraten, weil sie befürchtet, dass die Gesellschaft sich danach spalten würde. „Wenn man drei verschiedene menschliche Gruppen erzieht, die an drei verschiedene absolute Wahrheiten glauben, spaltet man seine Gesellschaft nicht wie Hanin glaubt, sondern man erzeugt mit denen eine moderne vielseitige Gesellschaft." – Das ist das Gegenargument von dem großen Abraham. Es sei für den alten Kanaken-Führer nötig, dass er uns trauen kann, anders zu sein. Ich bin selbst der Meinung, dass es keine Notwendigkeit gibt, alte religiöse kulturelle Kreise zum Aufleben aufzurufen, aber man darf es doch machen, wenn man es will. Hatef schlägt vor, um das kulturelle Projekt umzusetzen, dass man in der Schule Latein, Hebräisch und Arabisch als Pflichtfach unterrichtet. Hanin sagt, wenn man das machen würde, dann sollten die drei Sprachen Wahlfächer bleiben.

Ich denke, man soll in den ersten zehn Jahren die drei Sprachen als Wahlfächer in dem Schulprogramm lassen und danach schaut man, wie man weiterkommen kann. Abraham hat dieses Mal meinen Vorschlag übernommen und das ist ehrlich gesagt das erste Mal, seitdem Abraham mit seinem Konzept angefangen hat. Hatef erinnert sich wegen meines zehnjährigen Plans an die Wirtschaftspläne der DDR und das scheint ihm zu gefallen. Hanin lächelt uns sehr freundlich an und sie beschimpft uns als scheiß patriarchale Kerle. Es liegt uns im Blut laut Hanin. Wir versuchen nur, die alten Machtstrukturen zurückzubringen. „Typisch Männer …! Man nennt seine Privilegien ‚kulturelles Projekt'!", sagt die Hanin weiter. Hatef lädt uns alle zu seinem ersten Theaterstück für Kinder ein. Er soll ein Theaterstück für die Kinder selbst geschrieben haben und leitet auch die Regie dafür. Ist Hatef jetzt wirklich so weit? Ich weiß es ganz einfach nicht. Obwohl, ich denke schon, dass er jetzt bereit dafür ist. Abraham hat ihm andauernd empfohlen, Kunst zu machen, weil er glaubt, dass Hatef kunstbegabt ist. Aber Hatef hat sich immer wieder darüber lustig gemacht. Er hat den Eindruck bei mir hinterlassen, dass er sich dafür überhaupt nicht interessiert hat. Aber nun sieht es für mich anders aus und ich denke immer noch, dass es Menschen gibt, die sich auf gar keinen Fall ändern können. In dem Theaterstück von Hatef geht es darum, dass die politischen rechtsorientierten Menschen sehr viel Dunkelheit in die Welt gebracht haben, und dass fünf Kinder sich entschieden haben, das Feuer noch einmal zu entdecken. Sie sind fünf kleine Mädchen und ein Pop, die sich auf die Suche machen, um die Flammen noch einmal zu entdecken. Die fünf Kinder ziehen sich auf der Bühne wie die Menschen vor dreitausendzweihundertsiebenunddreißig Jahren an und sie tragen einen Speer und die Hoffnung mit, bis sie auf eine kleine Höhe kriechen und das Feuer hinter der Höhe wiederendecken.

Ach Scheiße, ich habe Hunger, ich schwitze wie eine feige Sau und ich höre gerade die Stimme des Abrahams. Aber ich erkenne Hatef auch relativ leicht an seiner Stimme. Er redet mit den Tieren und Abraham lacht dabei und sagt, dass meine Tiere den Hatef ganz sicher ohne Dolmetscher verstehen. Ja, meine Freunde sind nun bei mir im Garten, dafür muss ich aufstehen. Wir essen zusammen, danach gehen wir gemeinsam in mein Lokal. Die MMÜA verlangt von uns Gebühren für die Gasthäuser-Ketten, da unser Essen von unserem ursprünglichen Zuhause abstammt. Ich frage Abraham, wie wir nun damit umgehen wollen, die MMÜA will Geld von uns, weil wir unser Essen hier kochen. Das ist langsam zu viel! Hatef unterbricht uns jede zweite Sekunde und lässt Abraham überhaupt nicht ausreden, weil er glaubt, dass es nur eine Antwort darauf gibt und das ist für ihn eine Kriegserklärung. Wir müssen ihm nach der MMÜA den Krieg erklären. Abraham macht Hatef darauf aufmerksam, dass wir hier der MMÜA militärisch unterlegen sind, aber trotzdem lässt Hatef nicht locker. Er schlägt vor, dass wir Bombenanschläge in unserer alten Welt organisieren. Ich lasse den Hatef gerne wissen, dass wir unter den Opfern Zivilsten finden würden, wenn wir seinem Vorschlag nachgeben. Er schreit so laut zurück, dass ich gerade nicht verstehen kann, was er sagen will.

Abraham schließt es aus, dass unsere Regierung sich überhaupt traut, gegen die MMÜA irgendetwas zu unternehmen. Somit macht er mir und Hatef klar, dass die Entscheidung schon lange nicht mehr in seiner Hand liegt. Ich hätte fast gedacht, dass Hatef nun sagen würde, dass wir ohne die Hilfe oder Erlaubnis unserer Regierung Widerstand leisten können, aber er bestellt lieber eine Runde Whisky und fängt an, sehr poetisch über die schönen Muschis zu reden. Wir lachen gemeinsam beim Rauchen und Trinken und wir schaffen es, die MMÜA für eine Weile zu vergessen. So betrunken bin ich schon seit Jahren nicht gewesen, trotzdem würde ich sehr gerne weitertrinken, aber ich traue mich nicht. Ich möchte sicher sein, dass ich nichts sagen würde, was ich nicht sagen will, und wenn ich weitertrinken würde, würde ich es vielleicht nicht mehr schaffen. Deswegen rufe ich ein Taxi an und fahre nach Hause, ohne Abschied von meinen Freunden zu nehmen. Ja, es ist besser so. Ich leide seit gestern unter Rückenschmerzen. Dagegen nehme ich gar nichts, obwohl ich sehr gerne gegen mein Rückenproblem was machen würde. Ich probiere sogar von unserem Online-Krankenhaus eine Therapie zu bekommen, aber ich bin leider an dem komplizierten Computerprogramm gescheitert. Ich versuche die blöden Schmerzen zu ignorieren, was in der Tat ganz kurz funktioniert. Ich kann es nicht mehr ... ich brauche Hilfe und ich weiß, wer mir helfen kann. Er ist Hatef. Ich frage ihn, wie er unser Online-Service-System findet und er fängt sofort an, über unsere Regierung zu schimpfen. Er sagt, wenn die Frauen der MMÜA eine Muschi haben, ist unsere Regierung langsam wie eine Frau, die drei Muschis hat. Als ob eine nicht gereicht hätte! Es geht Hatef offensichtlich nicht besser als mir! Eigentlich bin ich durchschnittlich gut, was das Benutzen unseres Online-Service-Systems angeht, deswegen bekomme ich schon was von dem digitalen Service-System. Hatef erledigt alles, was er braucht, wie früher. Er benutzt das Online-Service-System gar nicht. Er kennt nicht mal sein Passwort, das er unbedingt braucht, wenn er sich in dem System anmelden will. Hatef ruft seine Tochter an und verlangt von ihr, heute freizunehmen, damit sie sofort kommt, weil ich auf ihre Hilfe angewiesen bin. Sie kann von mir aus sehr gerne nach ihrer Arbeit zu uns kommen, wenn sie das überhaupt will. Er ruft Abraham an und bittet ihn auch darum, sofort zu kommen, weil ich krank bin. Abraham kommt wirklich in zwei Minuten und nimmt mich fest in den Arm, dabei nennt er mich „alter, ruhiger Fuchs". Er sieht mich und Hatef an und bittet uns von ganzem Herzen darum, ihm einen Gefallen zu tun! Er wünscht sich nichts anderes, als dass Hatef und ich nicht vor ihm beerdigt werden. Wir dürfen auf gar keinen Fall vor ihm sterben, er würde das Leben nicht mehr ertragen. Sein Leben ohne uns wäre für ihn wie die Erde ohne die Sonne. Hatef fängt laut an zu weinen und ich versuche dasselbe nicht zu tun, aber meine Tränen verraten mich gerade. Ja, es ist nicht leicht für mich, vor anderen Menschen zu weinen, auch wenn sie meine Brüder sind.

Abraham umfasst seinen Kopf mit beiden Händen und beugt sich nach vorne. Seine Tränen sehe ich zwar nicht, aber ich höre ihn weinen. Das ermutigt mich, für heute eine Ausnahme zu machen. Ich setze mich zu meinen Freunden und weine hemmungslos. Ja, ich ahne es langsam, ich habe nicht mehr so lange Zeit vor mir. Ich denke auch, dass sich meine Freunde kurz nach mir von unserem Exil erlösen würden. Hanin kommt kurz vor dem Abend an und sie entschuldigt sich bei mir dafür, dass sie nicht sofort – wie von ihrem Vater gewünscht – gekommen ist. Zum Glück kann Hanin unsere Tränen nicht sehen, das hätten wir uns niemals erlaubt. Es wäre von allem das Schlimmste für mich, wenn sie mich beim Weinen gesehen hätte. Ich will nicht, dass sie meine Schwäche kennt, sondern ich zeige mich von der starken Seite, obwohl ich weiß, dass mein Verhalten überhaupt nichts bringt. Ich habe in meiner Heimat nichts anderes gelernt. Ich bin ein Mann und die Tränen sind nicht für uns, sondern sie sind für die Frauen. Hanin untersucht mich langsam und sie tut es auch sehr sorgfältig. Sie stellt eine Frage nach der anderen und betont immer wieder, dass ich ihr alles erzählen kann. Sie macht mich sogar auf ihre Schweigepflicht aufmerksam. Obwohl ich verstehe, worauf sie hinauswill, würde ich ihr aber niemals verraten können, dass ich Angst vor dem Tod habe. Ich könnte doch nicht den Rest des patriarchalen Mannes in mir brechen, um Hanin über meine schlaflosen Nächte zu erzählen. Sie sagt zum Schluss, dass es mir gut geht, und dass ich unter einer vorübergehenden Lungenentzündung leide. Sie verschreibt mir etwas gegen die Entzündung. Hatef und Abraham glauben zweifellos, dass Hanin mein Problem richtig beurteilt und ich mache ganz einfach dasselbe. Hatef holt eine Flasche Whisky … auf unbesiegbare Männer trinken wir heute Nacht. Abraham schaut heute echt sehr bedrückt aus und er schweigt die ganze Zeit. Unkonzentriert raucht er seinen Pfeifentabak, dabei sieht er weder Hatef noch mir in die Augen. Hatef redet ununterbrochen über alles Mögliche und er macht oft Witze, aber Abraham hört ihm überhaupt nicht zu. Trotzdem versucht er weiter erfolglos den Abraham zum Lachen zu bringen. So vergeht der Arbeitstag, ohne dass unser Kanaken-Führer ein einziges Wort sagt. Mit diesem Titel habe ich Abraham lange nicht mehr angesprochen und ich weiß nicht, was mich jetzt auf so eine Idee bringt. Wir sind nun bei Hatef in seinem Haus und auch die Hanin mit den Kindern ist hier. Hatef bricht das Eis, wer sonst? Er ruft Abraham auch als Kanaken-Führer auf und sagt: „Liebster Führer, du weißt wohl, dass ich immer noch bereit bin, für dich zu sterben, oder? Sag nur, was du willst, aber bitte schweig nicht länger! Dein Schweigen ist schmerzhafter als das Kreuz des Jesus."

Abraham erzählt, dass unsere Regierung gestern einen Amtsbrief von der MMÜA bekommen hat. Wir müssen ab dem nächsten Monat eine Fachpflegekraft zu der MMÜA schicken, deren

Aufgabe es wäre, alte Frauen zu betreuen. Laut Abraham würde unsere Arbeitskraft nicht mal gut bezahlt werden. Die MMÜA sieht es als Gegenleistung für die alten patriarchalen Zeiten. Hatef schreit: „Das ist eine Kriegserklärung!" und er fügt hinzu, dass er sich lieber umbringen würde, als irgendeiner Fotze den Arsch zu putzen. Ich frage Abraham, was die MMÜA machen würde, wenn wir ihre Forderung ablehnen. Er antwortet, dass die MMÜA in diesem Fall Luftangriffe gegen uns vorgeplant hat und sie würde vielleicht unser Land besetzen. Ich sage zu Abraham: „Bruder, du weißt, dass ich unter einer Krebserkrankung leide, und dass ich nicht mehr so viel Zeit vor mir habe. Aber bitte, Bruder, lass mich in Würde sterben! Lass Abraham endlich mal einen Widerstand leisten! Das hätten wir von Anfang an machen sollen." Hatef schließt sich mir sofort wie erwartet an und bittet Abraham darum, für unser Exil ehrenhaft zu sterben. Abraham kündigt mit einer sehr ruhigen Stimme die erste Kampfzelle. Ja, es ist endlich mal entschieden. Wir werden in den Kampf gegen die MMÜA ziehen. Er plant es so, dass unsere schwache Regierung auf die Forderung der MMÜA eingeht, und dass wir unabhängig von unserem Staat hier kämpfen werden. Somit gibt er der MMÜA keinen Grund, unser Land anzugreifen. Er tritt heute von seinem Amt zurück und somit ist er ein Bürger ohne staatliche Aufgabe wie ich und Hatef. Wir würden unseren Widerstand von unserem privaten Geld und von privaten Spenden finanzieren. Hanin ist total dagegen, obwohl sie auch glaubt, dass die MMÜA dieses Mal zu weit geht. Sie verlangt von uns vernünftig zu bleiben und bittet uns darum, an die Kinder hier zu denken, bevor wir noch einmal aus Stolz eine dumme Entscheidung treffen. Ich verstehe ihre Sorge und ich verstehe auch ganz genau, was sie meint. Es gäbe vielleicht eine bessere Lösung für unsere heutige Krise, aber sie denkt ganz einfach wie eine Frau und das bin ich nicht, und das sind meine Freunde auch nicht. Es geht überhaupt nicht darum, wer besser oder klüger ist, sondern es geht darum, dass wir als Männer einen anderen Zugang zu dem Wissen haben. Die Frauen sind emotionaler als wir und das ist schön, dafür sind wir sachlicher als sie und das ist auch gut so. Ich möchte auch nicht vergessen, dass wir Männer aufgrund unserer langen Führungsrolle in der Geschichte uns besser damit auskennen. Hatef sagt ihr sowieso gleich, dass es nur einen Weg gibt, um uns davon abzuhalten – und das wäre, uns bei der MMÜA zu verpfeifen. Das würde sie aber auf keinen Fall tun. Abraham gibt ihm recht und somit ist die Diskussion beendet. Abraham gibt seiner Frau den Auftrag, ihre alten Kommunisten von unserem Kampf zu überzeugen. Ja, es ist für mich keine Überraschung, dass Abraham klare Pläne hat. Als ob er alles sehr lange vorbereitet hätte. Die Kommunistinnen schließen sich an, sobald Abrahams Frau ihnen unsere Entscheidung mitgeteilt hat. Unser Militär-Genie ist echt ein strategischer Denker, er schlägt den Kommunistinnen vor, sich in die MMÜA-Welt zu schmuggeln und sie sollen dort heimlich eine Kampfeinheit aufbauen und sie militärisch ausbilden. Alles wird von uns finanziert. Jede, die mitmacht, wird ein gutes Gehalt bekommen und im Fall, dass irgendeine im Kampf gegen die MMÜA fallen würde, wird ihr Gehalt an ihre Familie weiterbezahlt. Die Gehälter der Soldatinnen werden von der Deutschen Zentralbank durch Hacker-Arbeit illegal finanziert.

Eine gute Zielgruppe für die Kommunistinnen wären die unzufriedenen Frauen, um dort Soldateninnen zu finden. Zum Beispiel sind die Töchter der vertriebenen Männer sehr frustriert, weil die MMÜA sie damals von ihren Eltern getrennt hat und weil die MMÜA diese Gruppe bei Jobs in mehreren Bereichen benachteiligt. Sie konnten aufgrund der Verwandtschaft mit uns Patriarchen-Männern keine Karriere machen. Eine zweite gute Zielgruppe wären Frauen mit kriminellem Hintergrund, aber auch drogenabhängige Frauen oder Frauen aus armen Verhältnissen werden sich leicht in unseren Kampf einbeziehen lassen. Hatef wird die Waffen, besser gesagt die ganze Ausrüstung für die Kämpferinnen besorgen. Er ist auch dafür verantwortlich, die Kommunistinnen ins MMÜA-Land zu schleusen/schleppen. Das Aufbau-Team besteht derzeit aus zehn Kommunistinnen und sie sind ab jetzt reisebereit. Sie sind doch alle alte Hasen, deswegen zweifle ich nicht daran, dass sie ihren Auftrag erfüllen. Ich würde auch mitfahren, weil ich laut Befehl des Kanaken-Führers die Kämpferinnen an dem Ort führen würde. Wer hätte das gedacht? Ich bin ein Führer! Ich bin ein kleiner schwarzer Mann mit einem kleinen Juraabschluss. Als ich unser altes Zuhause mit Abraham verlassen habe, war ich der einzige schwarze Mann in der Gruppe, erst viel später schlossen sich alle anderen schwarzen Männer uns an. Ich hätte selbst nie gedacht, dass ich so weit kommen würde. Hätte man mich vor ein paar Tagen danach gefragt, hätte ich es für unmöglich gehalten, aber ich habe wohl immer gewusst, dass ich dem richtigen Mann folge: ABRAHAM!

Hanin wird sich um die verletzten Soldatinnen kümmern, ein Geheim-Krankenhaus wird bei uns bald fertig aufgebaut. Damit sind nur die schwer verletzten Soldatinnen gemeint. Die leicht verletzten Soldatinnen werden logischerweise vor Ort therapiert. Hanin weiß es bisher immer noch nicht, aber sie wird sicher nicht ablehnen, verletzten Menschen zu helfen ... schon gar nicht verletzten Frauen. Es ist ja ihre moralische Pflicht, Menschen zu helfen, und der geht sie sicher nach, auch wenn sie im Prinzip gegen unseren Kampfplan ist. Ich fühle mich zum ersten Mal im Leben sehr wertvoll und ich fühle mich auch sehr gesund ... sehr stark ... sehr glücklich. Ich werde Abraham nie im Leben enttäuschen ... ganz sicher nicht! Eines steht ab jetzt auf der Welt ganz fest, entweder siege ich oder ich sterbe für mein Ziel, für mein Land und ich sterbe vor allem für meinen Kanaken-Führer. Wir stehen jetzt in dem MMÜA-Land in einem Versteck mit Hatef bereit. Die Ausrüstung bekommen wir erst drei Tage später, bis dahin bleibt Hatef bei uns. Nach dem Angriff muss er nach Hause zurückkehren. Wir haben nun fünfzig Mitglieder in unserer ersten Kampfgruppe – die meisten von denen sind die Töchter der vertriebenen Männer und der Rest sind Frauen mit sozialen Problemen. Allerdings habe ich das Gefühl, dass sie motivierter als wir in den Kampf gegen die MMÜA ziehen und das finde ich gut. Trotzdem sind sie für mich manchmal zu sehr motiviert und das bereitet mir Sorgen. Ich schreibe Abraham diesbezüglich gerade einen Bericht. Soldatinnen trainieren schon seit Monaten. Die ganze Ausbildung für die Kämpferinnen dauert insgesamt ein halbes Jahr und das Ausbildungsprogramm ist meine Arbeit, die Abraham auf jeden Fall genehmigt. Ich muss ehrlich sagen, dass Bruder Hatef eine große Hilfe für mich ist. Egal, was für Waffen ich verlange, ich bekomme sie relativ schnell geliefert. Hauptsache, dass ich keine amerikanischen Waffen bestelle, dann wäre Hatef beleidigt und er würde es hinauszögern, sie zu bringen.

Ja, so ist mein Bruder Hatef halt. Er mag die amerikanische Geschichte beziehungsweise die Amerikaner nicht. Er begründet das damit, dass er indianische Wurzeln hat und er glaubt auch, dass die Amerikaner schuld daran sind, dass die MMÜA an die Macht gekommen ist, deshalb ist er anti-amerikanisch. Er hat aber sicher nichts gegen das amerikanische Volk, im Gegenteil er sieht sich als Amerikaner-Freund. Mein militärisches Ausbildungsprogramm besteht aus zwei täglichen Einheiten, jede Einheit dauert fünf Stunden. Die erste Einheit ist akademischer Unterricht, dafür habe ich die Lehre der vier großen Religionen mit der Lehre des Maoismus zusammengemischt und die letzten fünf Stunden sind klassisches militärisches Training. Ich plane den ersten Angriff genau am ersten Tag, wo die ersten Betreuerinnen in dem MMÜA-Land ankommen. Somit wollen wir unseren Widerstand gegen die MMÜA ankündigen. Mein erstes Ziel wären die silbernen Brüste und das feministische Symbol, das in dem Zentrum der Hauptstadt der MMÜA steht, aber es erinnert Abraham, Hatef und mich auch an unsere Mütter, deswegen muss ich das Ziel ändern, eigentlich schade. Es wäre ein leichtes Ziel, weil es überhaupt nicht überwacht ist. Ich hätte sehr gerne unseren ersten Angriff ohne menschliche Verluste durchgeführt, aber es gibt einen deutlichen Unterschied zwischen dem, was ein Mensch will, und dem, was ein Mensch erreichen kann. Das ist eigentlich für uns Menschen unmöglich zu verstehen, weil wir nicht unbedingt über weit entwickelte Gehirnstrukturen verfügen, die uns das ermöglichen.

Wie auch immer, habe ich mich umentscheiden müssen und mein heutiges Ziel ist das Motto der Feministinnen und das sind die vier bekannten Buchstaben MMÜA. Sie haben es mit Gold auf ihr Parlamentstor geschrieben. Ein Parlament ohne Männer ... ein Parlament voller Muschis. Ist das eigentlich ein rassistisches Parlament oder irre ich mich? Die fünf Frauen, die an dem heutigen Kampf beteiligt sind, sind aus der Spezialeinheit. Das Scheitern ist uns nicht erlaubt und das wissen sie ebenfalls. Es ist der 01.01.2025, 12:00 Uhr am Nachmittag und die wunderschönen Kämpferinnen sprengen gerade das Parlamentstor in die Luft, auf dem das Motto der MMÜA steht. Dafür müssen sie leider die MMÜA-Wache erschießen. Alles wird online auf einem sicheren Kanal live übertragen. Alles läuft wie geplant, aber die fünf Kämpferinnen schießen neunmal weiter auf die Wache, bevor sie gehen, obwohl alle Wachen bereits tot sind. Sie sind vielleicht zu aufgeregt. Ich würde nun nicht so schnell sagen, dass sie meine Befehle missachten, aber es ist nicht nötig, weiter auf die Toten zu schießen. Meine Kämpferinnen sind echt sehr radikal und das will ich eigentlich nicht. Es ist ein Problem, womit ich mich in der nächsten Zeit beschäftigen muss. Ich frage Abraham und Hatef um Rat. Ich hoffe auch, dass Abraham auf meinen letzten diesbezüglichen Bericht antwortet. Ganz zufrieden bin ich heute nicht, trotzdem empfange ich meine Mädels sehr herzlich. Hatef ist schon wieder bei uns und er macht mich auf das Problem aufmerksam, dass unsere Soldatinnen aus Hass kämpfen, während sie doch aus unserer politischen Überzeugung heraus kämpfen sollen. Dafür schlägt Abraham, der auch das Problem wie Hatef sieht, ein psychologisches politisches Programm für unsere Kämpferinnen vor, um das Problem zu überwinden. Die MMÜA schickt gleich nach dem ersten Angriff ihre Sicherheitskräfte auf die Straße. Man sieht sogar fast überall Panzer und schwere Waffen in der Hauptstadt. In ihren sozialen Medien bezeichnet die MMÜA uns als Terroristen. Ein sehr berühmter Journalist schreibt in ihrem Artikel, dass wir wilde Tiere und Mörder sind, die sich vom Ausland finanzieren lassen.

Die Regierungssprecherin erklärt uns den Krieg und sie kündigt den Ausnahmezustand überall auf der Welt an. Die Schlampe erklärt den Ausnahmezustand sogar bei uns. Die Ausrüstung der MMÜA-Sicherheitskräfte ist mir sehr fremd und das ist auf gar keinen Fall gut. Anscheinend hat die MMÜA es geschafft, ihre Waffen selbst zu produzieren. Ich berate mich nun mit Abraham über die unbekannten Waffen der MMÜA und frage ihn, wie wir damit umgehen können. Abraham schlägt mir vor, die Waffenfabrik der MMÜA zu attackieren, um uns Waffen-Exemplare von dort zu holen. Somit können wir sie untersuchen beziehungsweise können wir alles über sie erfahren. Die Alternative für Abraham wäre, dass wir die Bankdaten der Waffenfabrik hacken, um uns ausreichende Auskunft über unseren Feind zu holen. Hatef argumentiert zu Recht dagegen, dass die Waffenfabrik sehr streng überwacht ist, und dass wir nicht unbedingt über qualifizierte Fachkräfte verfügen, die eine Hacker-Attacke starten könnten, weil die MMÜA digital weiter entwickelt ist als wir. Er schlägt vor, dass wir MMÜA-Soldatinnen entführen, damit wir ihre Waffen kennenlernen und somit Informationen von unseren Gefangenen über alles Mögliche erhalten können. Er hat sogar ein geheimes Gefängnis dafür vorbereitet. Ich zögere nicht mal ein bisschen, sondern ich nehme den Vorschlag von Hatef direkt an und schicke heute eine Kämpferinnen-Gruppe, um eine MMÜA-Soldatin zu kidnappen. Vor dem Magistrat am Frauenplatz in der MMÜA-Hauptstadt stehen nur zwei MMÜA-Soldateninnen und dort schlagen wir jetzt zu.

Es ist ein Hinterhalt, denn bevor unsere Kampfgruppe an dem Zielplatz ankommt, ist sie von den MMÜA-Sicherheitskräften erschossen worden. Ein zweiter Versuch scheitert leider, den Auftrag zu erfüllen. Es gibt sogar Tote und Verletzte unter ihnen. Wir kämpfen schon seit Stunden, um die Verletzten und die Leichen unserer Soldatinnen zurückzuziehen. Wir lassen sie uns bestimmt nicht vom Feind nehmen. Es ist ein schwerer Tag, wir sind unter heftigem Beschuss. Die Feinde sind überall und sie wissen, wo wir uns stationieren. Hatef und ich führen nun zwei verschiedene Kampfgruppen, um die Kämpferinnen bei der Straßenschlacht zu unterstützen. Wir sind zwar der MMÜA militärisch unterlegen, aber wir sind mutiger als die MMÜA-Kämpferinnen und wir sind von unserem Prozess sehr überzeugt. Unsere Sache ist gerecht. Es gelingt uns am Ende, unsere verletzten Kämpferinnen und ebenso die Leichen der Gefallenen zu uns zu holen. Ebenfalls gelingt es uns auch eine tote MMÜA-Kämpferin zu entführen. Dafür muss ich gestehen, dass unsere Verluste enorm sind. Es ist überhaupt nicht schwer zu wissen, dass die Sonnenbrille, die alle MMÜA-Soldateninnen tragen, ein modernes Computerprogramm hat, das die Waffen beziehungsweise unsere Kämpferinnen lokalisieren kann. Eine solche Sonnenbrille trägt natürlich die tote MMÜA-Soldatin auch, die wir nun bei uns haben. Wir werden dank unserer Technik-Gruppe das Problem mit der Sonnenbrille bald lösen. Wir zeigen uns für das Attentat vor ein paar Tagen und auch für die Schlacht von heute verantwortlich und stellen einen Bericht und sowie eine Videoaufnahme davon online. Wir kündigen nun an, dass wir eine maoistische Kampfgruppe sind, die einen kommunistischen Staat auf der ganzen Welt gründen will und die nach Gerechtigkeit strebt. Wir geben der MMÜA nun zweiundsiebzig Stunden Zeit, um uns die Macht zu übergeben, ansonsten werden wir bis zum letzten Atemzug gegen sie kämpfen. Unsere Regierung zu Hause hat überhaupt keine Ahnung, was da abgeht, trotzdem beurteilen sie die beiden Ereignisse und sie distanzieren sich auch davon. Das alles reicht unserer korrupten feigen Regierung nicht, sondern sie erklären sich bereit, in den Kampf mit der MMÜA gegen den Terror zu ziehen.

Wie erwartet, lehnt die MMÜA unsere Anforderung ab und sie bestätigt, dass sie sich aus Prinzip auch auf keinen Dialog mit uns einlassen will, weil wir der MMÜA nach eine Terrormiliz sind. Wir verpacken unsere Waffen ab heute mit dickem Leder, damit unsere Soldatinnen von den Sonnenbrillen-Trägerinnen nicht erwischt werden können und es funktioniert ... ja, es klappt! Wir haben jetzt schon wieder den Vorteil, den Feind überall überraschen zu können. Abraham kritisiert den Hatef und mich sehr scharf dafür, dass wir an dem letzten Einsatz beteiligt waren. Er verbietet uns, es noch einmal zu tun. Ich muss die Angriffe von meinem Geheimversteck aus leiten und Hatef darf mich dabei unterstützen, aber er muss zuerst seine eigenen Aufgaben erledigen. Abraham ist auf uns echt schlecht zu sprechen und das beeindruckt mich und Hatef so sehr, dass Hatef seine Tochter Hanin anruft und sie darum bittet, den Abraham sofort zu besuchen, um ihn zu beruhigen. Sie solle uns gleich danach anrufen, sagt Hatef zum Schluss. Ich kenne Hanin so gut, dass ich sicher bin, dass sie den Wunsch ihres Vaters erfüllen wird. Aber sie wird Abraham sicher nicht sofort besuchen, wie ihr Vater will, sondern sie wird ihn erst anrufen und mit ihm einen Termin vereinbaren. Abraham nimmt ein paar Stunden später mit uns Kontakt auf und er unterhält sich mit uns sehr freundlich. Somit ist die Sache für uns geklärt. Jetzt können wir mit einem guten Gewissen schlafen gehen.

Ich treffe heute aufgrund der Notwendigkeit eine schwere Entscheidung. Ich befehle allen Kämpferinnen, sich nicht als Kriegsgefangene gefangen nehmen zu lassen, sondern sie sollen sich das Leben selbst nehmen, statt in Kriegsgefangenschaft zu gehen. Im Fall, dass es doch dazu kommt, und dass die Kämpferinnen sich aus irgendeinem Grund sich nicht selbst umbringen würden, werden sie von ihren Kameradeninnen erschossen. Es sind schwere Zeiten und dafür braucht man schwere Entscheidungen. Ich vertraue der MMÜA einen Scheißdreck. Wenn sie Kriegsgefangene von uns haben würde, dann würden sie sie foltern, um Informationen über uns zu bekommen, was unsere Mission hier eigentlich fördern könnte. Wir schlagen immer wieder weitere Ziele, manchmal erfolgreich, doch es kommt auch vor, dass die Sicherheitskräfte der MMÜA ein Attentat verhindern können. Hatef betont immer wieder, wenn dies der Fall ist. Es sei nur ein Zufall und die MMÜA-Soldatinnen sind immer wieder zufälligerweise zur richtigen Zeit am richtigen Ort. Ich denke eher, dass unser Feind sehr kompetent ist, und dass der feministische Feind sich mit der Zeit relativ schnell entwickelt. Das MMÜA-Militär hat nun Sondereinheiten, die auf Straßenkampf spezialisiert sind. Abraham argumentiert damit, dass wir im Vorteil sind, solange die Zahl der erfolgreichen Anschläge größer als die Zahl der gescheiterten Anschläge ist, was in der Tat derzeit der Fall ist. Wir müssen uns erst ernsthafte Gedanke darum machen, wenn das umgekehrt sein wird. Immer wieder müssen wir eine Kämpferin von uns erschießen, damit wir sie vor der Gefangenschaft retten. Das machen wir aber wirklich nur, wenn es keinen anderen Ausweg gibt. Wir reduzieren es auf die Fälle, die aussichtslos sind. Wir hatten vorgeplant, dass wir von der MMÜA auch keine Kriegsgefangenen nehmen, sondern sie in der Schlacht erlösen. Das ist ehrlich gesagt meine eigene Entscheidung, weil ich mir schwer vorstellen könnte, die MMÜA-Kriegsgefangenen am Leben zu lassen, während ich selbst anordne, unseren Kämpferinnen das Leben zu nehmen, was mir unheimlich wehtut. Es wird sowieso nicht dazu kommen, weil die MMÜA diese Kampfstrategie von uns übernimmt. Ihre Soldatinnen bringen auch ihre Kameraden um, um zu verhindern, dass irgendeine von denen auch in Kriegsgefangenschaft gerät.

Hanin bricht den Kontakt heute mit ihrem Vater und mit Abraham und mir ab, als sie erfährt, wie wir mit den Kriegsgefangenen umgehen. Sie bezeichnet unseren Kampf gegen die MMÜA als schmutzigen Krieg und sie beschimpft uns und die MMÜA als Mörder. Sie bestreitet, dass wir uns von der MMÜA auf irgendeine Art und Weise unterscheiden können. Die MMÜA und wir sind für Hanin machtbesessene Menschen, die bereit sind, über die Leichen ihrer eigenen Leute zu gehen, um die Macht zu übernehmen oder um sie zu behalten. Abraham geht damit sehr sachlich um und erklärt Hanin den ethischen Unterschied zwischen uns und der MMÜA in Bezug auf den Kriegsgefangenen-Prozess damit, dass man Geschichte nicht mit Rosenwasser schreiben kann und dass man, bevor man in den Kampf zieht, sich bereit erklärt, sich für sein politisches Ziel zu opfern. Die Frauen tun sich schwer diese Tatsachen zu verstehen, deswegen sind wir Männer besser geeignet, um Geschichte zu schreiben. Ich tue mich selbst damit viel schwerer als Abraham, weil ich den Widerspruch von ihm erkenne. Die, die für uns kämpfen und sich umbringen, sind Frauen – aber die, die gegen uns kämpfen und die sich auch töten, sind ebenso Frauen. Dafür scheinen sie für mich genau wie wir Geschichte nicht mit Rosenwasser zu schreiben, sondern sie machen es genau wie die Männer mit den nötigen Mitteln. Abraham irrt sich haushoch, aber ich würde ihm auf gar keinen Fall widersprechen.

Der arme Hatef vermisst seine Tochter und seine Enkelkinder sehr, er leidet darunter. Trotzdem stellt er sich hinter Abraham wie erwartet und ohne zu zweifeln. Auf solche Männer wie Bruder Hatef kann man sich ausgesprochen verlassen. Ich finde es sehr gemein von Hanin, dass sie ihren Kindern den Kontakt mit ihrem Großvater verbietet. Mir kommt es so vor, als ob sie ihn damit bestrafen wolle. Trotz des heutigen Konflikts mit uns leistet sie weiter medizinische Hilfe für unsere Verletzten und sie ist auch sehr gern bereit, dasselbe für die Verletzten aufseiten der MMÜA zu tun, falls wir solche zu ihr bringen würden. Die MMÜA meldet gerade offiziell, dass die Terroristen die Kriegsgefangenen von beiden Seiten umbringen. Sie wirft uns vor, ihre Kriegsgefangenen auch umzubringen. Sie betrügt ihr eigenes Volk. Ich reagiere sofort darauf und lasse ein paar von unseren Kämpferinnen die Uniform von dem MMÜA-Militär anziehen. Ich zeige ihre Gesichter nicht und lasse sie dabei erzählen, dass sie MMÜA-Kämpferinnen sind, und dass sie im Kampf in unsere Händen gefallen sind. Sie erzählen weiter, dass wir sie gut behandelt haben beziehungsweise, dass wir uns an das Genfer Abkommen halten. Ich befehle unseren Kämpferinnen, ab jetzt Videoaufnahmen von jedem Anschlag zu machen. Es sei besonders wichtig, dass sie die MMÜA-Soldatinnen dabei aufnehmen, während sie ihre eigenen Kriegsgefangenen ermorden. Die Videoaufnahme stelle ich ins Netz, damit ich die Wahrheit ans Licht bringen kann und damit das arme Frauenvolk der MMÜA über die Falschheit seiner Regierung Bescheid weiß. Dafür gibt es jetzt online eine große Debatte über die Korruption der Regierung. Sie verlange sogar, dass die heutige MMÜA-Regierung zurücktritt. Es gibt derzeit Tausende von Demonstrantinnen und sie verlangen dasselbe. Eine Regierungssprecherin der MMÜA heißt die Demonstranten willkommen und sie sagt: „Wir sind allmächtig, wir schaffen es zusammen. Jede darf auf die Straße gehen, dafür haben wir eine geniale Demokratie." Sie streitet natürlich die Morde der eigenen Soldatinnen ab. Sie behauptet, dass die Videoaufnahmen gefälscht seien. Ja, die Tussis scheinen ja wirklich Demokratie zu haben.

Wie kann man nur so falsch und so dumm sein? Gibt es keine Expertinnen dafür in dem gelobten MMÜA-Land? Da die Frauen ein größeres Sprachgebiet im Gehirn als wir Männer haben, ist es wohl vollkommen nachvollziehbar, dass sie besser lügen können – was für ein Talent! Hatef hört das nun von mir und er fängt sofort damit an, zu tanzen. Er sagt zu mir, dass ich langsam radikaler als er bin, was er eigentlich sehr gut findet. Ich selbst glaube auch, dass er recht haben könnte. Ja, der Krieg verändert mich. Der Krieg verändert uns alle. Er vernichtet das Unschuldige in uns. Seitdem wir im Krieg sind, schreibt Abraham nicht mehr. Er interessiert sich nicht mehr für die Wissenschaft und besucht auch keine Kunstveranstaltungen mehr, weil er nur mit unserer Sache beschäftigt ist. Das Ziel für unseren nächsten Anschlag ist das Staatsfernsehen der MMÜA. Wir wollen die Fernsehanstalt eine halbe Stunde lang besetzen und von dort ein Lied aus unserer Zeit vorspielen lassen. Ich lasse wie geplant das ganz live übertragen, während unsere Heldinnen ihre Feinde in dem Gebäude überwinden. Während Hatef und ich uns unser Attentat live anschauen, schreit er: „Stopp! Stopp! Stopp! Sie ist meine Tochter!" Das ist nun aber leider zu spät. Sie ist schon tot. Wer hätte das gedacht?! Die zweite Tochter von Hatef, die mit ihrer Mutter damals zu Hause geblieben ist, ist eine Soldatin in dem MMÜA-Militär gewesen. Sie wurde gerade vor den Augen ihres Vaters von unseren Kämpferinnen umgebracht.

Ich breche unsere Mission ab und befehle unseren Kämpferinnen den sofortigen Rückzug. Hatef schaltet das Licht ab und setzt sich auf die Couch vor mir, seinen Kopf lässt er nach vorne fallen. Ich weiß nicht, wie lange wir schweigen, aber ich höre verdrängte Geräusche … Ich denke, dass er sehr leise um seine Tochter weint. Es sei nicht unsere Schuld, die MMÜA ist an dem Tod der kleinen Tochter von Hatef schuld. Sie hat das arme Mädchen wie alle anderen verstorbenen Frauen manipuliert und sie hat sie für ihr eigenes Interesse kämpfen lassen. Die MMÜA ist wohl bereit, alle Frauen zu opfern, damit sie an der Macht bleibt. Eine neue Rechnung haben wir (Bruder Hatef) mit der MMÜA offen und wir müssen weiter. Meine Worte scheinen Hatef beruhigen zu können. Ich hole ihm eine Decke und während er schläft, schreibe ich Abraham darüber einen Bericht. Ich schlage Hatef vor, Hanin von dem Tod ihrer Schwester nichts zu erzählen, weil ich das für sehr unnötig halte. Ich bin immer noch der Meinung, es sei unnötig allen immer die Wahrheit zu erzählen. Außerdem hatte Hanin überhaupt keinen Kontakt mit ihrer Schwester gehabt, als sie am Leben war. Sie wird doch nur traurig und wütender auf ihren Vater, wenn sie davon erfährt. Hatef hält es auch selbst nicht für richtig, Hanin über den Tod ihrer Schwester Bescheid zu geben, weil er davon ausgeht, dass Hanin danach weder was mit ihren Kindern noch mit ihm zu tun haben will. Abraham ist derzeit bei uns zu Besuch und er glaubt, dass Hanin ein Recht darauf hat, von dem Tod ihrer Schwester zu erfahren. Allerdings dürfen wir Hanin erzählen, dass die Tochter des Hatefs auf unserer Seite gefallen ist, beziehungsweise dass sie zu uns übergelaufen ist und sie für uns gekämpft hat. Ich wäre nun sehr gerne ein Dichter, um die Freude von Hatef beschreiben zu können. Ja, er freut sich auf die Befehle von Abraham.

Unser Kranken-Führer ist doch einer, der vom Meinungsmanagement etwas weiß. Die Juden sind laut Hatef die Menschen, die sich schriftlich früher als alle anderen das Wissen der kleinen Machtkreise angeeignet haben. Deswegen kennt sich Abraham bestens damit aus. Ich melde gerade online überall, dass die Amal – so heißt die Tochter von Hatef – für uns heldenhaft gekämpft und dass sie ihr Leben für ihr Vaterland und für ihre Ideale aufgegeben hat. Ebenfalls melde ich, dass wir maoistischen Kommunistinnen bis zum Sieg weiter auf demselben Weg bleiben würden. Die dumme MMÜA-Regierung fällt schnell darauf rein und sie erklärt Amal zu einer Landesverräterin. Hanin ruft ihren Vater endlich an, doch sie schreit ihn leider an und sie fragt ihn, warum er ihr nichts davon erzählt hat, dass ihre Schwester für uns gekämpft hätte. Hatef benimmt sich jetzt für mich wie ein Mann und das macht er richtig gut. Er erklärt der

Hanin: „Das ist eine Militärangelegenheit und da kann ein Vater den Wunsch seines Kindes nicht immer erfüllen, sondern er trägt angemessen und sachlich die Verantwortung dafür, Weltgeschichte zu schreiben – was bei euch Frauen bis jetzt fehlt!"
Er beendet gleich danach das Telefongespräch mit der Hanin. Sie gibt aber nicht so schnell auf, sondern sie ruft mich nun an und sagt mir in einem relativ scharfen Ton, dass ich dem Trottel neben mir vielleicht erklären könnte, dass alle, die auf unserer Seite kämpfen und damit Geschichte schreiben, Frauen sind.

Ich kann den Inhalt ihres Anrufes sehr gut nachvollziehen und bin auch damit zum großen Teil einverstanden, aber Hatef ist bitte schön kein Trottel. Deswegen entschuldige ich mich bei ihr und bitte sie um Verständnis dafür, dass ich jetzt keine Zeit für sie habe. Ich finde, dass Hanin sich langsam sehr dumm und kindisch verhält. Was soll das überhaupt? Ich mag sie irgendwie nicht mehr. Doch sie lässt immer noch nicht locker und meldet sich bei Abraham. Dieser aber macht sie schnell darauf aufmerksam, dass die MMÜA-Soldatinnen die Amal ermordet haben und dass die MMÜA-Regierung sie als Verräterin bezeichnet. Hanin fragt ihn weiter, wie es überhaupt weitergehen würde. Daraufhin antwortet Abraham mit überzeugender Stimme, dass wir dank unseres Kampfes schon wieder in unserem Zuhause sind und dass wir dank unseres Kampfes weiter hier leben würden. Darauf sagt Hanin gar nichts mehr, sie fragt sogar nicht mal, wo ihre Schwester nun begraben ist. Ich baue derzeit eine neue Kampfgruppe auf, die aus Kämpferinnen aus dem Gaskammer-Land besteht, die eigentlich der dritten Generation angehören. Ich muss es immer wieder als unsere Exil-Gaskammer bezeichnen, damit wir sie als unser Zuhause nicht mehr wahrnehmen. Falls wir das irgendwann jemals getan hätten, ist es ein Irrtum gewesen, weil unsere Heimat das Land ist, wofür wir unser Blut vergießen. Die neue Kampfgruppe ist schon im Einsatz und sie kämpft ohne Rücksicht auf Zivilopfer, obwohl ich das ihnen nicht unbedingt genehmige. Die Führerin der neuen Kampfgruppe ist zwanzig Jahre alt und sie ist eine leidenschaftliche marxistische Maoistin. Doch sie ist nicht nur das, sondern sie ist sehr heiß im

Bett – das hat Hatef mir hemmungslos in der Anwesenheit von Abraham erzählt. Auf alle Fälle rechtfertigt die junge Führerin die hohen Zahlen der Zivilopfer in ihren Militäreinsätzen damit, dass die MMÜA ihre eigne Bevölkerung als Schutz gegen unsere Angriffe benutzt.

Hatef versteht sich mit den Neuen nicht gut und schon gar nicht versteht er sich mit der neuen Führerin, obwohl er mit ihr gevögelt hat oder gerade weil er mit ihr geschlafen hat. Er ignoriert sie seitdem und Abraham ist der Meinung, dass das der Grund für den heutigen Konflikt zwischen den beiden ist. Hatef streitet es komplett ab und sagt, dass er im Prinzip etwas dagegen hat, hinter einem Führer mit einer Muschi zu stehen, dafür hätte man genug qualifizierte Männer. Sie selbst sagt hingegen, dass ihr Problem nichts mit der privaten Affäre zu tun hat, sondern es hat damit zu tun, dass er sich überall einmischt und dass er vor allem immer wieder versucht, sich in ihre Führungsentscheidungen einzumischen. Abraham glaubt, es sei abgesehen von diesem Problem nicht gut, Privates mit der Arbeit zu vermischen. Da, wo man das macht, tauchen sofort Probleme auf. Trotzdem bittet er die beiden darum, sich mit dieser Kleinigkeit nicht weiter zu beschäftigen, sondern sie sollen sich auf unseren gerechten Krieg konzentrieren. Ich danke der neuen Führerin für ihre Offenheit ebenso wie für ihre Kampfleistung. Aber ich mache sie auch sehr freundlich darauf aufmerksam, dass die Rolle von Bruder Hatef in unserem Krieg unbestritten ist, und dass sie ihm weit untergeordnet ist. Daraufhin nickt Abraham, worüber Hatef sich bestimmt freut. Gleich danach bittet er die neue Führerin mit einem sachlichen Ton darum, die unschuldigen Opfer zu berücksichtigen, auch wenn die MMÜA sie als Schutz benutzt.

„Zu Befehl!", schreit die junge Führerin, obwohl sie nicht ganz zufrieden mit dem Abschluss unseres Gesprächs aussieht. Ja, das muss nicht sein, sie ist eine professionelle Soldatin und sie wird mit der Zeit damit zurechtkommen. Es gelingt uns nun, die Berge im Osten des Landes zu besetzen. Unser Führungs-Militärpunkt ist nun dort, es ist schon eine große Entwicklung. Wir müssen uns nicht mehr verstecken, sondern wir haben ein kleines Land in unserer Heimat zurückerobert und unsere Fahne weht nun auf unserem Berg so hoch, trotz der Nase der MMÜA. Es kostete uns zwar so viele Opfer – ja, sehr viele von unseren Soldatinnen sind im Kampf ehrenhaft gefallen –, aber es lohnt sich echt, denn wir kommen nach vorne. Ich organisiere diesbezüglich ein stattliches Fest und ich lade alle dazu ein. Hatef lädt Hanin auch auf unser Fest ein. Sie verspricht nicht zu kommen, aber sie wird es versuchen, ja, das sagt sie wohl. Die Luftwaffen der MMÜA bombardieren unsere Stellungen auf dem Hoffnungsberg seit drei Tagen ohne Pause, aber wir verstecken uns so tief im Bauch des Hoffnungsbergs, dass sie uns kaum erreichen. „Hoffnungsberg" – so nennt Hatef den Berg, wo wir uns nun in dem MMÜA-Land befinden. Er will aus diesem Berg ein Hoffnungssymbol für uns alle machen, bis unsere Kämpferinnen das ganze MMÜA-Land zurückerobert haben. Dafür schreibt er online eine Kurzgeschichte. Es handelt sich bei seinen Geschichten darum, dass der Geist des großen Schützers auf dem Hoffnungsberg seit Ewigkeiten wohnt. Dass dieser Beschützer nicht besiegbar sei, aber dass er auch an unseren Prozess glaubt. In den Schlachten, wo unsere Soldatinnen fallen, befiehlt der Beschützer des Hoffnungsbergs dem Wind, laut über alle Wälder und auch über alle Häuser zu pfeifen. Er befiehlt den Blättern von den Bäumen zu fallen, er fordert auch die großen Flüsse zur Überflutung auf und er weist die großen Wellen an, an alle Strände zu schlagen. Den Frauen befiehlt er, ihre Tage sofort zu bekommen und ihre Beine für ihre Männer weiter breit zu machen, bis sie schwanger werden. Hatef behauptet sehr gerne, dass er diese Geschichten nicht erfindet, sondern dass sie alle wahr sind. Sie stammen alle aus einem Märchen, das dreitausendzweihundertsiebenundfünfzig Jahre alt ist.

Ich kann sehr gut nachvollziehen, was mein Bruder Hatef damit erreichen will, auch wenn seine Sprache nicht immer einen Sinn ergibt. Er hat sich auch dafür entschieden, in der Sprache der MMÜA zu schreiben und die ist definitiv nicht seine Muttersprache. Er versucht einen Mythos für unsere Nation zu erfinden. Abraham verspricht Hatef, seine Arbeit später in unser pädagogisches System zu integrieren. Seitdem Hatef seine Kurzgeschichten online stellt, kämpfen unsere Soldatinnen tapferer und ihre Bereitschaft, sich für unsere Sache zu opfern, ist offensichtlich größer. Es sind jetzt die glücklichsten Momente meines Lebens, aber es ist auch ganz sicher die glücklichste Zeit des Lebens von Abraham und Hatef. Die MMÜA ist vor unseren Angriffen in den letzten Monaten auf dem Rückzug, sie gewinnt keine einzige Schlacht. Aber die MMÜA wird es nicht so lange dabei bleiben lassen. Sie zwingt unsere Regierung, Kampfgruppen hierherzuschicken, um für sie beziehungsweise gegen uns in den Kampf zu ziehen. Ja, das erwartet Abraham die ganze Zeit. Die falsche MMÜA entscheidet sich gerade um, sie hat einmal das Angebot, unsere Regierung zu unterstützen, abgelehnt, aber jetzt … Es sieht nun wohl anders aus. Wir lassen uns auf gar keinen Fall davon beeinflussen. Wer sich auf die Seite der MMÜA stellt, ist unser Feind, egal, wer es ist. Und er wird mit seinem eigenen Tod rechnen müssen. Es tut mir echt sehr leid, aber ich erkläre gerade offiziell alle, die zwischen uns und unserem Ziel stehen, für Verräter. Die heutige Lage ändert sich trotzdem ein bisschen. Das MMÜA-Militär erobert dank der Unterstützung der neuen Kampfgruppen einige Gebiete von uns zurück, aber das macht uns überhaupt nichts aus. Auch wenn wir eine Schlacht verlieren, sind wir uns sehr sicher, dass wir den Krieg gegen die MMÜA gewinnen würden, weil unsere Sache gerecht ist und weil wir auch fest daran glauben. Als maoistische Marxisten glaubt man an die ganze Menschheit als eine große Familie unabhängig von Hautfarbe, Religion oder Geschlecht – nicht wie die Rassistinnen und MMÜA-Feministinnen. Sie glauben wohl, dass sie bessere Menschen sind, weil sie Frauen aus der MMÜA sind. Hanin schlägt uns vor, dass wir versuchen, die Kämpferinnen der MMÜA dazu zu überreden, zu uns überzulaufen. Dafür müssen wir sie laut Hanin auch beschützen können. Ich finde den Vorschlag von Hanin sehr idealisiert, aber ich würde mir es trotzdem überlegen und mit Abraham und Hatef darüber reden. Die Feministinnen zeigen immer weiter ihr wahres Gesicht, denn heute hat ihr Parlament ein neues Gesetz rausgebracht. Es ist uns Männern aus Australien, wohin die Frauen uns vertrieben haben, nicht mehr erlaubt, das heilige Feministinnen-Land zu besuchen, wir kriegen kein Visum mehr. Wie bescheuert sind sie? Wir dürfen nicht in ein Land einreisen, das eigentlich auch unser Land ist? Und das nennt die MMÜA Gleichberechtigung ... Na super! Hanin kommt aus diesem Grund hierher und sie klagt den feministischen Staat an. Sie geht wohl gegen einen Staat vor Gericht. Was Hanin sich und uns mit ihrer Anklage beweisen will, ist mir sehr bewusst. Sie will den Konfliktparteien auf beiden Seiten zeigen, dass der demokratische Weg der richtige Weg sei, um die verlorenen Rechte zu bekommen. Sie wird wohl verstehen müssen, dass wir an das Rechtssystem in dem MMÜA-Land nicht glauben dürfen, und dass wir uns darauf einen Scheißdreck verlassen können. Alles, was die MMÜA uns gewaltsam abnimmt, können wir nur gewaltsam auch zurückhaben. Die Geschichte der Menschheit beweist immer wieder, dass man mit Demokratie das Urlaubsgeld für die Mitarbeiter erhöhen kann, aber man wird in den Kampf ziehen müssen, um die Rechte eines vertriebenen Volkes zurückzuerhalten, ansonsten werden wir ewig auf die Tollheit der Demokraten warten und wir werden doch zum Schluss den Mittelfinger gezeigt bekommen.

Hatef weiß schon, dass Hanin mit ihrer Anklage eine rote Grenze überschreitet, daher schlägt er mir vor, ihr das zu verbieten und er will sie sogar vor ein Militärgericht bringen. Ja, so ist der Hatef. Er ist ein Mann, der bereit ist, alles für seine Ideale zu opfern. So etwas können wir patriarchalischen Männer so gut, aber die Frauen sollen es doch lernen. Obwohl er Hanin und ihre Kinder über alles liebt, nimmt er sie nicht in Schutz, wenn sie was falsch macht, sondern zieht sie zur Verantwortung. Wegen Männern wie Hatef können wir ja wohl drei weitere Millionen Jahre die Geschichte führen. Ich stehe vor diesem Menschen auf und lege meinen sturen patriarchalischen Kopf schief. Ich stelle fast einen Haftbefehl gegen Hanin, doch die Gefühle, die ich ihr gegenüber empfinde, halten mich davon ab. Ich kriege das nicht in den Griff. Immer wenn ich denke, dass ich so weit bin und dass ich mich von dieser Liebe befreit hätte, sehne ich mich weiter nach ihr, als ob das gerade erst zwischen uns anfängt. Ob wir Menschen geboren sind, um uns zu lieben oder um uns zu bekämpfen ist ja eine Frage, die offen bleiben wird, solange wir Rechtsextremisten auf unserem armen Planeten haben. Das Problem besteht jetzt darin, dass ich Hatef nicht enttäuschen will. Er erwartet nun, dass ich unserer Militärpolizei befehle, die Hanin festzunehmen. Wenn ich Hanin etwas antue, verrate ich unsere Liebe, beziehungsweise verrate ich meine Gefühle, und wenn ich nichts gegen sie unternehme, verrate ich meine Ideale, beziehungsweise schaffe ich es nicht, meiner Pflicht nachzugehen. Wie schwach sind wir Menschen, wenn wir verliebt sind! Ich muss mich nicht weiter damit quälen, weil ich von vornherein weiß, dass mein patriarchalisch gebrochenes Herz das Sagen über meinen Verstand hat.

Hatef weiß schon, dass ich bereit bin, mein Leben für ihn aufzugeben, aber ich rufe nun unseren Kanaken-Führer an, weil ich sicher bin, dass er der Einzige ist, der mir dabei helfen kann, das Problem zu überwinden. Doch unrecht habe ich nicht. Abraham bezeichnet das, was Hanin macht, als kindisch und unwichtig. Er empfiehlt mir, uns nicht so viel daraus zu machen. Wir sollen Hanin und ihren Prozess ignorieren und uns lieber auf unseren Kampf gegen die MMÜA konzertieren. Abraham ist sich sehr sicher, dass Hanin damit nichts erreichen wird. „Der Krieg macht aus uns irgendwie Menschen ohne Gedächtnis, wir leben nur den Moment, als ob wir überhaupt keine Vergangenheit hätten und als ob wir uns für keine weitere Zukunft interessieren. Wir vergraben unsere Toten jeden Tag nach jeder Schlacht so schnell wie es geht und wir vergessen sie sehr schnell, ansonsten könnten wir nicht weitermachen", kommentiert Hatef. Ich bin mir sicher, dass es den Feministinnen auf der anderen Seite ähnlich geht, wenn es ihnen nicht sogar schlimmer geht. Wir sind nun schon so lange im Krieg, dass wir manchmal für eine kurze Weile nicht mehr wissen, für welche Seite wir kämpfen oder warum wir überhaupt kämpfen. Oft unterscheidet uns von unseren Feinden nur eine Uniform. Es ist echt schrecklich. Unsere Soldatinnen und unsere Feinde werden immer brutaler und der

Krieg ist langsam für beide Seiten kein Kampf für einen fairen Prozess, sondern er ist ein Lebensstil! Ich schreibe einen Bericht diesbezüglich an Abraham. Hatef verlässt heute das Krankenhaus, obwohl er immer noch nicht ganz gesund ist und er fliegt mit Abraham zu mir, um meinen letzten Bericht zu diskutieren. Hatef bekam einen Herzinfarkt, deswegen ist er ins Krankenhaus gebracht worden, aber es geht ihm jetzt viel besser.

Seine Enkelkinder besuchen ihn während seines Aufenthaltes im Krankenhaus und das tut ihm echt sehr gut. Hanin besucht ihn zwar nicht, weil sie wegen ihres langen Prozesses immer noch in dem MMÜA-Land ist, aber sie meldet sich fast jeden Tag bei ihm. Beim Mittagessen reden wir auf untypische patriarchalische Weise über die heutige Kriegslage und wir beraten zu dritt meinen letzten Bericht. Wir erobern immer weiter Gebiete von der MMÜA und doch gelingt den radikalen Feministinnen wieder etwas zurückzuerobern. Trotz unserer großen Verluste zweifeln wir sicher nicht daran, dass wir diesen Krieg gewinnen würden und es ist uns sehr bewusst, dass unser Kampf immer noch sehr lange andauern wird, und dass momentan kein Ende in Sicht ist. Aber es geht nun nicht darum, sondern es geht um den psychologischen Zustand unserer Soldatinnen. „Das ist jetzt, was mir beziehungsweise uns derzeit Sorge macht", sagt Abraham weiter. Obwohl es in jedem langen Krieg in der Geschichte so etwas Ähnliches gab, wollen wir was dagegen unternehmen. Abraham schlägt eine Feuerpause vor, damit unsere Soldatinnen sich von dem langen Kampf erholen können und damit wir sie noch einmal ideologisch weiterbilden können. Dafür möchte Abraham mich beauftragen, in einen Dialog mit der MMÜA zu gehen. Ich hätte nichts dagegen, wenn Hatef sich darüber nicht so aufregen würde. Er ist im Prinzip wie Abraham und wie ich selbst für die Feuerpause. Allerdings ist er dagegen, dass wir überhaupt in ein Gespräch mit der MMÜA kommen. Es spricht mich sehr an, was Bruder Hatef gerade erwähnt, deswegen schlage ich meinen Freunden eine einseitige Feuerpause vor. Darüber brauchen wir mit den Fanatikerinnen nicht zu reden. Ich erkläre gerade eine einseitige dreimonatige Feuerpause und ich befehle unseren

Soldatinnen einen taktischen Rückzug. Die MMÜA antwortet sofort darauf und sie wird rücksichtslos trotz unserer Feuerpause gegen uns weiterkämpfen, bis sie das ganze Land von uns befreien, so heißt es in ihrer Gegenmeldung. Aber das interessiert uns nicht wirklich, weil wir unseren Willen trotzdem durchsetzen wollen. Ich schicke immer wieder die tapferen Soldatinnen auf Rehabilitation ins Ausland und das verdienen unsere Heldinnen auf jeden Fall. Hanin hat mittlerweile den Prozess gegen die MMÜA verloren, aber sie schreibt gerade einen Beschwerdebrief, weil sie immer noch glaubt, dass es sich lohnen würde. Wie stur ist die Frau …?! „Lieber Gott … es geht uns gut, danke der Nachfrage! Wir vermissen alle das Schlachtfeld." Das sagen unsere Soldatinnen immer, wenn ich sie treffe. Abraham fühlt sich auch langsam wie ein alter wertloser Pensionist und ich warte ungeduldig auf das Ende unserer Feuerpause. Ja, der Kampf macht für unser Leben einen Sinn. Bevor wir unser Militär gegründet haben, hatte keiner von uns einen richtigen Beruf und unsere Soldatinnen aus dem MMÜA-Land sind zum großen Teil lange arbeitslos gewesen. Ich denke mir, dass ein Mensch ohne Beschäftigung auf so einem feministischen freien Markt wie unserer heutigen Welt oder zumindest wie das MMÜA-Land ein aussichtsloser Loser ist. Hatef ist klüger als wir alle, weil er sich von der Feuerpause auf seine Art und Weise distanziert. Er arbeitet freiwillig für ein neues Waffenprojekt. Er will Kriegsspielzeuge mit realer Wirkung entwickeln und strebt danach, seine neue Waffe in unseren Kampf einsetzen zu dürfen. Er hat natürlich meine volle Unterstützung, aber auch die von Abraham, denn wenn Abraham und ich dem Hatef so etwas nicht anbieten würden, wer sonst? Hanin wehrt sich sehr gegen das Projekt ihres Vaters, aber das interessiert keinen.

Sie bekommt einen neuen Bescheid vom Gericht, sie soll zum zweiten Mal ihren Prozess verloren haben, was für mich und meine Freunde heißt, dass unsere Frauen weiter gezwungen werden, für die MMÜA zu kämpfen. Hanin gibt trotzdem nicht auf. Sie geht mit ihrem Prozess vor das Verfassungsgericht und sie glaubt immer noch, dass sie gewinnen könnte. Doch schlimmer ist, dass sie immer noch davon überzeugt ist, dass es der einzige richtige Weg sei! Sie diskutiert gerade mit Abraham darüber und argumentiert damit, dass das Prinzip der MMÜA-Verfassung der MMÜA-Regierung verbietet, gegen den Willen eines Menschen zu handeln und weil die Verfassung überhaupt über dem Gesetz steht, ist das Gesetz, das unsere Frauen hierherbringt, gegenstandslos … Ich kann sie echt nicht mehr hören. Ich hätte mir gewünscht, sie rauszuschmeißen, denn sie plappert doch nur Scheiße, aber ich würde es aus Respekt vor Abraham und Hatef nicht tun. Abraham ist ja auch ein großer Akademiker und steht immer für einen Gespräch, weil er glaubt damit Hanin von unserem Kampf zu überzeugen. Nach all diesen vielen Jahren gibt er die Hoffnung nicht auf, dass sie zur Vernunft kommt und dass sie sich endlich mal auf die richtige Seite stellt. Ich könnte mir sehr gut vorstellen, dass er für Hanin auch einen bestimmten großen Auftrag hat, wenn sie so weit ist. Er denkt ja auch an die Zukunft. Ich höre gerade eine große Explosion und mein erster Gedanke dabei ist, dass die MMÜA uns weiter angreift. Aber Hanin schreit wie aus dem Nichts nach ihrem Vater und wir laufen zu dritt – Hanin, Abraham und ich – wie irre zu ihm. Ich fahre gerade mit ihnen zu dem Waffenlager, wo Hatef arbeitet. Hanin fragt mich, ob er dort auch raucht. Ja, scheiße, das tut er! Die Flammen erreichen fast den Himmel, unsere Feuerwehrkräfte sind schon vor Ort und sie versuchen die Situation unter Kontrolle zu bringen. Es sind die schwierigsten Stunden meines Lebens! Keiner von uns sagt etwas, wir schweigen wie ein leeres Grab. Trotzdem steht eines für uns fest: Hatef ist nicht mehr unter uns. Es ist schon der dritte Tag nach dem traurigen Fall und wir schweigen immer noch. Ich hoffe wie ein dummer gläubiger Christ, dass der Hatef aus dem Tod zurückkommt, aber er tut es doch nicht. Ja, ich muss mich zusammenreißen, aber ich weiß auch, was ich zu tun habe. Ich beende die Feuerpause und erkläre die nächste Phase unseres Krieges für eine große Vergeltungsschlacht. Ja, die Mörder … die MMÜA ist an dem Tod von einem der letzten partiarischen würdevollen Männern schuld. Hanin verlässt unser Lager kaum, aber Abraham ist vor

Kurzem hierher zu uns umgezogen. Er ist ja auf dem Schlachtfeld wohnhaft, wie er sich ausdrückt. Wir können den Tod von Hatef nicht verarbeiten, er verändert uns dramatisch, obwohl wir über ihn überhaupt nicht mehr reden, schaffen wir es nicht, ihn aus dem Kopf zu kriegen. Als ob der verstorbene Hatef mit seinem Tod eine Phase in unserer Welt abschließt und wir wissen jedoch nicht, was. Hanin bekommt heute einen Bescheid vom Verfassungsgericht und sie gewinnt den Prozess gegen die MMÜA. Das heißt jetzt, unsere Leute müssen nicht mehr für die MMÜA-Regierung Dienste gegen ihre Überzeugung leisten. Laut dem Urteil dürfen sie hier arbeiten, aber nur wenn sie es auch wollen und sie müssen gut bezahlt werden. Trotzdem freut sich Hanin darüber überhaupt nicht, im Gegenteil. Denn je mehr sie das Urteil weiterliest, entschuldigt sie sich bei Abraham, der ihr aber daraufhin antwortet: „Kind, es ist doch ein guter Versuch gewesen." Und wenn sie mich fragt, wie ich es finde, entschuldige ich mich bei ihr.

Das Falsche von dem Richtigen zu unterscheiden ist in der Tat eine sehr mühsame Arbeit und es ist uns Menschen bis auf die Ideologen noch nie gelungen, es wirklich zu unterscheiden. Leider ist das Problem mit uns Ideologen, dass wir irgendwie glauben, die absolute Wahrheit zu vertreten. Eine Ideologie ist ein Machtkonzept ... ja, das ist sie. Sie ist Macht einer Gruppe, die politische Ziele hat und die sich für ihre Ziele durchsetzt. Wer so viel Macht hat, wird seine Macht irgendwann missbrauchen und der Missbrauch wird mit Idealen gerechtfertigt. Es gab seit Anfang der Geschichte bis heute keine Ideologen, die Menschen für ihre politischen Ziele nicht ermordet haben. So etwas sage ich nur zu mir selbst, ich würde es sogar vor Abraham nicht sagen. Das wäre vor dem Tod von Hatef möglich gewesen, aber jetzt nicht mehr. Es ist zu spät. Ich habe keine Wahl, ich muss gegen die MMÜA weiterkämpfen. Ich will darüber nicht mehr nachdenken. Es zerbricht mir nur den Kopf. Abraham darf von meinen Ideen nichts wissen. Er wird glauben, dass ich nachlasse. Nein, niemals! Ich habe nur einen Weg und den gehe bis zum bitteren Ende weiter. Ich hätte irgendwie gedacht, dass Hanin mir und Abraham die Schuld an dem Tod ihres Vaters geben würde, aber das tut sie nicht! Ich denke, dass ich mich selbst schuldig für seinen Tod fühle. Bin ich das? Abraham und ich führen manche Angriffe gegen die MMÜA-Soldatinnen selbst und beim Rückzug sind wir die Letzten, die das tun. Wir geben unseren Kämpferinnen Rückendeckung, bis sie sich in Sicherheit bringen.

Abraham schlägt mir vor, das Alter der Kämpfer von achtzehn Jahren auf fünfundzwanzig Jahre zu erhöhen. Hanin findet den Vorschlag sehr gut und sie bittet mich darum, ihn anzunehmen. Als ob ich was dagegen hätte! Ich erstelle sofort diesbezüglich ein neues Gesetz und aus diesem Grund entlasse ich alle Kämpferinnen, die unter fünfundzwanzig Jahre alt sind. Ich überlege mir auch die Kämpferinnen, die bereits fünf Jahre lang im Einsatz sind, zu entlassen. Über fünf Jahre darf keine mehr für uns kämpfen. Ja, ich denke, das wäre auch richtig. Ich würde natürlich ihnen allen ihr Gehalt weiterzahlen. Nun muss ich mir zuerst überlegen, wie ich es finanzieren würde. Ich möchte ganz einfach ein Grundeinkommen für alle, die in unserem Dienst stehen. Vielleicht kann ich ein Hacker-Team zusammenstellen, das einige Banken der MMÜA rauben würde, somit kann ich auch unser Geld, das immer noch bei der MMÜA liegt, zurückholen. Ja, wir haben damals alles hinter uns lassen müssen. Abraham will das Innenministerium der MMÜA angreifen und unsere Fahne auf dem Dach des Ministeriums aufstellen. Das alles will er mit siebzig Kämpferinnen erreichen. Seit dem Tod von Hatef kommuniziert er mit uns sehr ungerne und er trifft Entscheidungen ohne Rücksprache mit mir oder mit Hanin. Obwohl ich immer noch der Führer hier bin und obwohl ich normalerweise jedes Attentat genehmigen muss, bevor man sie einsetzt, und obwohl ich mit dem von Abraham geplanten Anschlag nicht einverstanden bin, würde ich selbst dem Bruder Abraham nicht im Weg stehen. Ich rede trotzdem mit Hanin, vielleicht kann sie ihn aufhalten. Das Risiko bei dem Attentat ist ganz einfach zu groß und ich will ihn nicht verlieren. Aber wie erwartet lässt sich Abraham von niemandem aufhalten und schon gar nicht von einer Frau. Ich muss ehrlich gestehen, dass ich mich trotz meiner Ängste darauf freue. Ja, Mann! Einer von den letzten großen patriarchalischen Männern hätte ja wohl nicht anders handeln dürfen. Abraham ist sich sicher, dass er die Gebäude des Innenministeriums besetzen würde und dass er mit den Kämpferinnen ohne Schaden zu uns zurückkehren würde. Ich schicke ein Fernsehteam mit, damit es das Ganze live überträgt.

Es ist wie geplant ein Überraschungsangriff und die Verteidigung der MMÜA fällt vor Abraham eine nach der anderen. Es gelingt ihm und den Kämpferinnen, ihr Ziel schnell zu erreichen, allerdings wegen einer Hilfe von den MMÜA-Militärs. Eine Soldatin aus der MMÜA-Kampagne verrät ihre Ideale und sie gibt an Abraham geheime Daten weiter, die das alles schnell ermöglichen. Hanin fragt mich, ob ich von der feministischen Verräterin überhaupt wusste. Nein, ich wusste es zwar nicht und ich hätte es sehr gerne vielleicht gewusst, aber ich gönne es Bruder Abraham. Da, wo die Welt in einer Krise steht und wo sie nicht weiterkommt, braucht sie Männer wie ihn, die immer entscheidungsbereit und handlungsfähig sind. Die Luftwaffen der MMÜA bombardieren ihre Innenministeriumsgebäude unangemessen seit Stunden und mit der gleichen Feuerkraft bombardieren sie unsere Stellungen. Wir sind hier zwar gut geschützt, sodass der Luftangriff kaum etwas ausmacht, aber was ist mit den anderen? Ein Rückzug scheint weder mir noch der Hanin möglich. Unsere Liveübertragung scheint auch nicht mehr zu funktionieren und ich weiß, dass das Fernsehteam ums Leben gekommen ist. Es ist nun so spät in der Nacht, aber die Luftwaffen bombardieren uns und ihre Innenministeriumsgebäude weiter. Hanin und ich begreifen langsam, dass Abraham, aber auch alle anderen bereits tot sind.

Es ist früh am Morgen und alles ist vorbei, die MMÜA verkündet offiziell, dass alle Angreifer sowie die Verräterin tot sind und sie verkündet auch, dass sie sofort damit anfängt, ein neues Gebäude für das Innenministerium aufzubauen. Abraham hätte das sehr wahrscheinlich so gewollt. Ich weiß ja, dass ich nach ihm weitermache. Das patriarchalische Wirtschaftsmodell haben wir Männer gründen können, als wir die Zeit der Nachgeburt bei unseren Frauen für unsere Besten in den alten Zeiten genutzt haben. Sie waren ja schwach und sie hätten unsere Hilfe gebraucht und wir haben sie zwar ernährt, aber dafür müssen sie uns für immer gehorsam bleiben. Zuerst stellen wir uns zu Unrecht über die Tiere und danach stellen wir uns auch zu Unrecht über unsere eigenen Frauen. Es wundert uns, dass sie später sehr radikal gegen uns rebellieren oder dass sie nicht immer für ihr eigenes Interesse richtig handeln. Es ist von Anfang an weder fair noch nötig gewesen, aber ich habe echt keine Wahl. Ich muss diesen aussichtslosen Kampf weiterführen. In eine letzte große Schlacht für unseren patriarchalischen Stolz würde ich auf jeden Fall ziehen. Hanin schweigt und damit tut sie sich sehr schwer, was mir eigentlich sehr leidtut, aber das würde ich ihr niemals sagen können. Ich möchte unsere Kriegsgefangenen und die Leichen unserer verstorbenen Soldatinnen gegen Kriegsgefangene und die Leichen der MMÜA-Soldatinnen tauschen. Hanin führt diesbezüglich das Gespräch mit der feministischen Regierung, weil ich derzeit im Bett liege. Ja, ich bin sehr krank. Ich habe große Schmerzen und zu wenig Kraft für das Leben. Hanin erklärt sich damit einverstanden, mit der MMÜA das Abkommen abzuschließen. Sie sieht ja, wie krank ich bin. Ich denke, das ist auch der Grund dafür, dass Hanin den Auftrag schnell übernimmt. Ich will die Leiche von Abraham unbedingt zurückbekommen und ich möchte für meinen Bruder eine würdige Beerdigung ausrichten, was er auf jeden Fall verdient hat. Die MMÜA scheint das gut ausnutzen zu können. Sie verlangen von uns alle Leichen ihrer verstorbenen Soldatinnen und alle ihre Kriegsgefangenen, die wir haben, um uns die neunzig Leichen von unseren Kämpferinnen zurückzugeben. Ich hätte gedacht, dass unsere neunundzwanzig Kämpferinnen, die irgendwann in Kriegsgefangenschaft gefallen sind, immer noch am Leben sind, aber die MMÜA hat sie alle ermordet. Die Leichen von den Menschen, welche mit Abraham gestorben sind, und seine eigene Leiche, sind sie insgesamt neunzig.

Hanin unterschreibt jedoch das Abkommen mit der MMÜA, obwohl sie es auch unfair findet. Aber sie ist bereit, alle Kämpferinnen der MMÜA nach Hause zu schicken, abgesehen davon, ob sie am Leben oder tot sind, damit wir auch unsere Leute nach Hause bringen können. Das Mädchen handelt echt sehr schnell und sie trifft große Entscheidungen, ohne zu zögern, dafür ist sie auch sehr verantwortungsbewusst. Als ob Hanin alle guten Eigenschaften von ihrem Vater, aber auch von Abraham bekommen hätte. Sie hat in der Tat einen sehr interessanten Charakter. Es ist mir klar, dass ich nicht mehr viel Zeit vor mir habe, meine Freunde rufen mich schon die ganze Zeit und ich will zu ihnen. Ohne unseren gemeinsamen Traum, Rom patriarchalisch wiederaufzubauen, gibt es nichts auf diesem Planeten, was mich interessieren würde. Hanin bringt heute die Leichen unserer Kämpferinnen und natürlich die Leiche von Abraham mit nach Hause. Das Gesicht von Hanin leuchtet, als ob die Sonne aus ihren Augen scheinen würde. Alles ist für die Beerdigung schon vorbereitet. Ich werde Abraham neben Hatef begraben, das würde er sicher wollen, oder? Ich bereite für mich auch ein Grab neben meinen verstorbenen Brüdern vor. Ich brauche mit Hanin darüber nicht zu reden, dass sie die Führung nach mir übernehmen wird, weil ich sicher bin, dass sie das bereits weiß, und dass sie sich schon darauf eingestellt hat. Sie soll führen, wie sie es für richtig hält. Ich tue mich unglaublich schwer damit, bei der Beerdigung bis zum Ende zu bleiben, aber ich hoffe doch, dass ich es schaffen werde.

Ich liege am Abend im Bett und zum ersten Mal seit sehr langer Zeit bin ich schmerzfrei. Hanin kocht für mich Hühnersupp und meint, dass sie die ganze Nacht bei mir bleiben würde. Wenn ich immer noch ein bisschen patriarchalische Kraft hätte, hätte ich es ihr verboten, aber …! Ich gebe lieber zu, dass ich das auch will. „Liebste Hanin, wenn es für uns – die letzten patriarchalischen Männer – keine Heimat mehr auf dieser Erde gibt, dann bauen wir für uns ein weiteres patriarchales Reich im Himmel", sage ich zu Hanin. Daraufhin lächelt sie mich an und sagt: „Du gibst wie deine Freunde nicht auf, oder?" Es sind unsere letzten Worte. Hanin kündigt am Morgen meinen Tod an – Ich … Jefferson Newmorning … Sie erklärt sich gleichzeitig zur Führerin und kündigt an demselben Abend einen Waffenstillstand an. Ebenfalls bittet sie die MMÜA um ein Friedensgespräch und macht die feministische Regierung darauf aufmerksam, dass sie keine Gewalt mehr anwenden darf, um politische Ziele zu erreichen. Sie ist immer noch bereit, ihr Leben für ihre Kinder und für ihr Land und auch für ihre Ideale aufzugeben. Aber weder sie noch ihre Kämpferinnen sind bereit, dafür andere Menschen zu ermorden. Es mag Hanin danach sein, dass zum Leben immer auch das Kämpfen gehört, wie die alten Griechen einmal gesagt haben, aber es darf nur mit Frieden weitergekämpft werden. „Man muss schauen, dass man die friedlichen Kampfmethoden aktiviert und sie auch weiterentwickelt, aber dass man auch zusätzliche Methoden erfindet", sagt Hanin. Am nächsten Tag gibt die feministische Außenministerin bekannt, dass die MMÜA sich auf das Friedensgespräch sehr gerne einlassen würde, und dass die feministische Regierung als Zeichen für ihren guten Willen die MMÜA-Soldatinnen aus den großen Städten zurückziehen und auch den Ausnahmezustand in dem Land ausrufen wird. Ich kann nun aus der Welt der Toten unmöglich wissen, ob die MMÜA sich bereit erklärt, ins Friedensgespräch zu gehen, weil sie einen klugen politischen Gegenschachzug machen will, beziehungsweise weil sie den Krieg im Prinzip auch beenden will. Oder weil es auf unserer Seite keine Männer mehr gibt, die gegen sie kämpfen, sondern alle Kämpfer auf beiden Seiten Frauen sind.

Ich bin zwar nicht unbedingt mit dem Friedensgespräch einverstanden, aber es ist mir von Anfang an sehr klar, dass Hanin den Konflikt anders als meine Freunde und ich lösen wird. Es ist echt komplett verrückt für mich, ich hatte immer gedacht, dass es mir sehr langweilig wird, wenn ich sterbe, aber nein, ist es nicht. Es ist in der Tat überhaupt nicht langweilig für einen Mörder, den ganzen Tag und die ganze Nacht im Grab zu liegen und das liegt vermutlich daran, dass uns das politische Geschehen auf der Seite der Lebendigen regelmäßig erreicht. Das hätte ich echt nicht gedacht. Hanin wird heute mit zwei weiteren Führerinnen, die sie selbst aussucht, in die Hauptstadt der MMÜA fliegen, um das Friedensabkommen zu unterschreiben.

Es ist vorbei … der Krieg ist aus! Die beiden Konfliktparteien erkennen das Recht der beiden Staaten an, sich unabhängig zu regieren und jeder Staat hat das Recht, sich für sein politisches Modell frei zu entscheiden. Es wird auch ein gemeinsames internationales Gericht gegründet, das für die internationalen Konflikte zuständig ist. Im Prinzip bringt das Abkommen überhaupt nichts Neues, trotzdem schaffen sie damit Frieden und das wollen beide Seiten. Die zwei Völker sind mit dem Abkommen sehr zufrieden, alle Bürger von beiden Seiten heißen es willkommen oder fast alle. Madi, das ist das kleinste Kind von Hanin, bezeichnet das Abkommen zwischen seiner Mutter und der MMÜA als Verrat an ihrem Großvater … an Hatef. Hanin sagt ihrem Kind daraufhin in einem scharfen Ton, dass man für ein friedliches Zusammenleben manchmal vergeben muss und dass nennt man nicht Verrat, sondern historische Verantwortung für eine gemeinsame bessere Zukunft. Ihr Kind entschuldigt sich zwar bei ihr für das, was es ihr vorwirft, aber es scheint mir immer noch unzufrieden zu sein, als ob es sich auf keine weitere Diskussion mit seiner Mutter einlassen wollen würde. Es würde überhaupt nichts bringen, aber es hätte doch was anderes vor. Ich weiß es nicht, vielleicht ist das Kind doch nur sauer und ich bilde mir das alles ein, weil ich mir und meinen Freunden so etwas wünsche. Ich suche in der Welt der Toten nach Abraham und Hatef, aber ich finde sie leider nicht. Sie sollten woanders verteilt werden. Scheiße, auch unter den Toten gibt es irgendeine Gruppe, die eine gewisse Macht über alle anderen ausübt. Es wird bestimmt irgendein General, irgendein Islamist, irgendein Kommunist, irgendein Demokrat oder ganz einfach irgendein Ideologe, vielleicht auch eine Ideologin sein, der/die das Sagen über alle anderen armen Toten hat und die seine/ihre Macht dabei sehr genießt. Ich gehe am liebsten zu dem Toten-Amt und frage dort nach meinen Freunden. Es ist ja nicht so weit von mir entfernt. Die Beamten sind dort auch tot wie ich. Sie sagen mir ganz einfach, wo meine Freunde sind, obwohl sie feministische Tote sind. Wir haben sie irgendwann umgebracht, aber sie haben uns auch getötet. Im Leben sind wir nie gleich, aber nach dem Tod sind wir es. Es gibt bei uns noch Ausländer wie Inländer, es gibt auch noch Religiöse und ethnische Minderheiten. Ebenfalls sind auch noch ganz viele verrückte Skills unterwegs. Ich weiß jetzt endlich, wo Hatef und Abraham sind. Sie sind auf der anderen Seite der Welt der Toten. Ich setze mich gerade in Kontakt mit meinen Freunden und plane mit ihnen gemeinsam einen Aufstand, damit wir zusammenleben dürfen. Hatef lässt sich auf einen militärischen Kampf gegen die Machthaber oder die Machthaberinnen in der Welt der Verstorbenen sehr schnell ein. Abraham hingegen möchte, dass wir dafür dieses Mal mit Frieden kämpfen! Auf der Seite der Lebendigen scheint alles gut zu funktionieren. Aus dem Exil ist ein modernes Zuhause geworden. Sie haben nun einen unabhängigen Staat und der MMÜA-Staat muss mit ihnen auf gleicher Augenhöhe kommunizieren. Wunderschönerweise erklären die zwei Staaten die Welt in drei Wochen für ideologiefrei.

Ende

Der Autor

Ayman Al Nasser wurde 1977 in Damaskus geboren und lebt derzeit in Klagenfurt. Bereits seit zehn Jahren schreibt er auf Deutsch, was er einerseits als fremd und andererseits als vertraut empfindet. Sein Schreibprozess entwickelt sich stetig weiter. Der Autor hat bereits die Bücher „Der Minus", „Die Weberin der letzten Wünsche" und „Gesang der ausgewanderten Eichenbäume" im novum Verlag veröffentlicht. Privat interessiert er sich für Kunst und Literatur.

novum VERLAG FÜR NEUAUTOREN

Der Verlag

*„ Wer aufhört
besser zu werden,
hat aufgehört
gut zu sein!*

Basierend auf diesem Motto ist es dem novum Verlag ein Anliegen neue Manuskripte aufzuspüren, zu veröffentlichen und deren Autoren langfristig zu fördern. Mittlerweile gilt der 1997 gegründete und mehrfach prämierte Verlag als Spezialist für Neuautoren in Deutschland, Österreich und der Schweiz.

Für jedes neue Manuskript wird innerhalb weniger Wochen eine kostenfreie, unverbindliche Lektorats-Prüfung erstellt.

Weitere Informationen zum Verlag und seinen Büchern finden Sie im Internet unter:

www.novumverlag.com

Ayman Al Nasser
Der Minus
ISBN 978-3-99048-966-6
100 Seiten

In Nordkorea erlebt der mit kulturspezifischen Ängsten und Komplexen beladene Minus ein Migrantenschicksal. – Eine kritische Betrachtung von Umständen, die überall zu Missverständnissen, Vorurteilen, Verunsicherung und Ausschluss führen können.

Ayman Al Nasser
Die Weberin der letzten Wünsche

ISBN 978-3-99064-281-8
90 Seiten

Wie gerne würde Waldo alles vergessen und ein neues Leben beginnen, doch er ist im Schatten der Vergangenheit gefangen. Auf der inneren Reise in den Dschungel seiner melancholischen Seele hält er an dem Wunsch fest, den Morgen nicht aufzugeben.

novum VERLAG FÜR NEUAUTOREN

Ayman Al Nasser
Gesang der ausgewanderten Eichenbäume

ISBN 978-3-99064-651-9
96 Seiten

Was wäre, wenn sich die Evolution der Menschen und Tiere einen ganz anderen Weg gesucht hätte und nun die Ratten regieren würden? Wäre die Welt ein besserer Ort? Der kleine Elefant Jimmy begibt sich auf Ahnensuche, da er zu diesen Fragen endlich Antworten finden will.